Sławomir Mrożek

Der Perverse

und andere Geschichten

Aus dem Polnischen von Christa Vogel

Diogenes

Umschlagillustration:
René Magritte, ›Le mal du pays‹,
1941 (Ausschnitt)

40/95/8/1
ISBN 3 257 06077 7

Inhalt

Das Kommando

»Wir müssen die Reserve in Bewegung setzen«, sagte der Marschall zum Stabschef.

»Wir haben keine Reserven mehr«, antwortete der Stabschef.

»Und wozu gibt es Soldatenfriedhöfe?«

»Die Gefallenen sind nicht aktiv. Sie wurden in den Zustand ewiger Ruhe überführt.«

»Bürokratie! Sie wollen doch nicht annehmen, daß sich unter Hunderttausenden von Gefallenen nicht wenigstens einige Hundert finden lassen, die weiterhin dienen wollen. Ein echter Soldat hört selbst nach dem Tod nicht auf, dem Vaterland zu dienen.«

»Zu Befehl, Herr Marschall! Aber selbst für diese paar Hundert können wir nicht viel tun. Sie sind nicht mehr fähig zu weiterem Kriegsdienst.«

»Ich gestehe, daß mir die Bereitschaft zu weiteren Diensten allein nicht genügt. Aber ich denke an all diejenigen, die außer der Bereitschaft noch entsprechende Qualifikationen haben, um weiter nützlich zu sein. Unter den paar Hundert posthumen Freiwilligen findet man sicher ein paar zig, die sowohl die Bereitschaft als auch die Qualifikationen haben.«

»Was für Qualifikationen, Herr Marschall? Ich habe von solchen Qualifikationen bis jetzt nichts gehört.«

»Weil der Krisenstab sie bis jetzt nicht in Betracht gezogen hat. Auf allen Friedhöfen gibt es Vampire; also muß es auch welche auf den Soldatenfriedhöfen geben. Sie aber sind nicht von uns erfaßt worden, es gibt keinerlei Kontrollen von unserer Seite, eine sträfliche Vernachlässigung seitens der Armee. Die Kriegsvampire werden zivil vergeudet.«

»Wie lautet der Befehl, Herr Marschall?«

»Wir schaffen eine spezielle Abteilung, ein Vampirkommando. Dank der übernatürlichen operativen Fähigkeiten der Vampire wird diese Abteilung Aufgaben übernehmen, die für die gewöhnlichen Abteilungen unmöglich sind. Sie dringt in den Generalstab des Feindes ein und vampirisiert deren höchste Führer. Es ist bekannt, daß ein vampirisierter Marschall oder General selbst wiederum zum Vampir wird und seine allernächste Umgebung beziehungsweise seine direkten Untergebenen vampirisiert. Die Brigadeführer wiederum vampirisieren die Majore und die Kapitäne, die Epidemie reicht bis zu den Leutnants und dem Unteroffizierskader und schließlich bis zu der Masse der Gefreiten. Auf diese Weise wird die gesamte Armee des Feindes völlig ausbluten, ohne einen einzigen Schuß von unserer Seite.«

Aus Rücksicht auf die Erhabenheit des Unternehmens beschäftigte sich der Stabschef persönlich mit der Organisation des Vampirkommandos. Er besuchte Soldatenfriedhöfe, um die entsprechenden Kontakte zu knüpfen und mit der Rekrutierung zu beginnen. Aber die Versuche, Kontakt aufzunehmen, mißlangen, bis man plötzlich ahnte, was der Grund des Mißerfolgs war.

Je höher nämlich der Rang des Offiziers, desto älter war er auch und damit bereits ausgetrockneter. Doch die Vampire, selbst die Kriegsvampire sind eher geneigt, mit rotwangigen Personen in Kontakt zu treten, als mit Ranghöheren, aber verwelkten. Man schickte also Offiziere mit immer niedrigeren Rängen, bis man schließlich die Mission einem jungen Fähnrich mit außerordentlich roten Backen anvertraute, der schließlich Erfolg hatte.

Der Stabschef meldete sich beim Marschall.

»Auftrag erfüllt«, meldete er. »Das Vampirkommando ist bereit zum Kampf.«

»Ausgezeichnet, setzen Sie sich doch.«

Der Stabschef setzte sich auf den Sessel vor dem Schreibtisch des Marschalls.

»Welche Stärke? Was für eine Moral der Abteilung?«

»So lala«, antwortete der Stabschef und schob sich samt Sessel näher an den Schreibtisch.

»Weshalb nur so lala, es sollte bestens stehen. Sind das nicht unsere Soldaten-Vampire-Patrioten?«

»Doch…« bestätigte der Stabschef und schob sich noch näher heran.

»Warum ist ihre Moral dann nicht die allerbeste? Was haben Sie, Sie scheinen etwas schläfrig zu sein.«

»Weil…« begann der Stabschef, aber er unterbrach sich.

»Weil was? Und wieso starren Sie mich so an?«

Statt einer Antwort zog der Stabschef die obere Lippe hoch, unter der zwei riesige weiße Eckzähne zu Tage traten. Der Marschall sprang auf.

»Was soll das heißen?«

»Herr Marschall, ich weiß da keinen Rat, unsere ganze Armee ist schon ausgesaugt. Es hat von unten her begonnen, bei diesem Fähnrich, und ging nach oben, bis zu mir. Da fragen Sie nach der Moral? Wie soll die Moral sein, wenn das Personal aufwärts saugen muß, immer weniger appetitlich. Sie als der Oberste Heerführer sind bereits der letzte, der übriggeblieben ist. Jetzt muß ich Sie beißen, obwohl ich melde, daß ich das überaus ungern tue. Als Ältester sind Sie einfach hoffnungslos, die reinste Anämie, aber ich habe keine andere Wahl.«

Er sagte es, stand auf, öffnete den Mund und bereitete seine Eckzähne zur Aktion vor.

»Verrat!« schrie der Marschall. »Ihr solltet den Feind attackieren und nicht die eigenen Vorgesetzten!«

Der Stabschef verschmälerte die Breite seiner geöffneten Kiefer, aber nur um eine Erklärung abzugeben.

»Sie haben eins vergessen: Es herrscht Frieden, wir sind mit niemandem im Kriegszustand. Was also sollen wir machen?«

Und er versenkte die Zähne in die Kehle des Obersten Heerführers.

Der verspätete Gast

Der Empfang war schon vorbei. Da ich zu müde war, konnte ich die Uhrzeiger nicht mehr koordinieren, aber der blaugrauen Dämmerung in den Fenstern nach und dem Vogelgezwitscher im Garten mußte es schon früh am Morgen sein. Ich begab mich gerade auf allen Vieren in Richtung Garderobe, als in den Bankettsaal jemand kam, der nicht nur noch auf beiden Beinen stand, sondern auch ein frisches Aussehen, rosige Wangen und einen vernünftigen Blick hatte.

»Sie sind noch hier?« wunderte ich mich, indem ich das Parkett überquerte.

»Noch? Erst! Früher haben sie mich nicht reingelassen, weil ich keine Einladung hatte.«

»Passen Sie auf, Sie treten auf den Grafen N.«

»Was? Der Graf N. ist auch hier? Können Sie mich ihm vorstellen?«

»Gern, Herr Graf N., das ist Herr… Aber ich glaube, wir kennen uns gar nicht!«

Der Ankömmling nannte einen mir nichts sagenden Namen und drückte das Bein des Grafen, weil dessen Hand mit Mayonnaise beschmiert war.

»Was für eine Ehre! Kreuzzüge, dreizehntes Jahrhundert. Dann ist vielleicht der Fürst P. auch hier?«

»Ich habe ihn noch vor Mitternacht gesehen, als er zur

Toilette ging. Es scheint so, als wäre er noch nicht zurückgekommen.«

»Macht nichts, ich warte. Und Professor R.?«

»Der mit dem Kosmos?«

»Ja! Das ist ein Genie! Den kann man nur mit Kopernikus vergleichen.«

»Klar, der ist da. Unter dem Tisch. Wollen Sie ihn dort besuchen?«

»Unter dem Tisch wage ich es nicht, ihn zu stören, ich setze mich lieber an den Tisch.«

Er setzte sich. Der Tisch sah aus wie immer um diese Zeit und unter diesen Umständen, er schien das aber nicht zu bemerken.

»Wie elegant es hier ist... Ich bin zum ersten Mal in so einer erlesenen Gesellschaft. Und die Dame, die auf dem Tisch liegt, wer ist die?«

»Zaza Rospor, der Filmstar.«

»Kenne ich, kenne ich, klar, daß ich sie kenne. Nur daß ich sie nicht gleich erkannt habe, weil ihr Gesicht in der Schokoladentorte versteckt ist... Ist ihr nicht kalt?«

»Sicher doch.«

»Und weshalb hat sie sich dann ausgezogen?«

»Weil ihr vorher zu heiß war. Möchten Sie was trinken?«

»Wenn das möglich ist...«

Er goß die Reste aus einigen Gläsern in eins und trank es aus.

»Was ist das?«

»Champagner.«

»Wunderbar! Gehen Sie schon?« wunderte er sich, als er

sah, daß ich mich wieder auf vier Extremitäten fortbewegte.

»Ja, ich muß gehen, ich arbeite gerade an einem neuen Roman.«

»Ich verstehe, Sie sind ein Schriftsteller von Weltrang.«

»Na na, übertreiben wir mal nicht. Obwohl ich natürlich das eine oder andere geschrieben habe.«

»Wie gern wäre ich wenigstens ein Maler... Erlauben Sie, daß ich noch ein bißchen sitzen bleibe?«

»Aber bitte sehr, nur keine Umstände.«

Ich mag Parvenüs, sie haben diese Frische des Blicks, die uns, der Elite, manchmal fehlt.

Dann kroch ich ohne weitere Zwischenfälle hinaus.

Aus dem Notizbuch eines Kapitalisten

Endlich schlägt die Stunde, wo ich wieder straflos den Menschen das Blut aussaugen kann. Ich denke da an das Volk der östlichen Ränder Europas, denn bei den westlichen habe ich immer nach Belieben saugen können. Und jetzt gibt es keine Hindernisse mehr, sie laden sogar selbst zum Saugen ein. Ich setze den Zylinder auf und fahre.

Ich bin bereits an Ort und Stelle. Den ganzen Abend lang habe ich den Sauger im Hotel gereinigt. Ich habe ihn beim Personal in der Rezeption ausprobiert, er funktioniert wie neu. Also ab morgen – auf zur Tat!

Sie wollten, daß ich ein Atomkraftwerk kaufe, das bis jetzt wegen mangelndem Atom nicht funktioniert. Ich habe abgesagt, aus denselben Gründen.

Ich habe einen Vorschlag bekommen, in die Landwirtschaft zu investieren im Sinne eines gemeinsamen Unternehmens. Als ich sie um Details bat, zeigten sie mir eine Grube und schlugen vor, daß ich dort das Kapital reinlege, und sie würden es festklopfen.

Ein Vorschlag, ich solle in die Telekommunikation investieren. Ich fragte, wieviel ich davon hätte. Sie versprachen, daß sie telefonisch antworteten, wenn ich ihnen ein Telefon besorge.

Ich fühle mich nicht sehr toll, ich bin zum Arzt gegangen, der einen Saugschnupfen feststellte. Er riet mir zu Klimawechsel.

Ich sollte eine Hühnerfarm besichtigen, die Forellen züchtet. Aber mit dem Sauger wird es immer schlimmer, ich verkürze den Aufenthalt und fahre nach Hause zurück.

Ich bin schon zu Hause, aber keinerlei Besserung. Wieder zum Arzt. Eine starke Saugentzündung aufgrund einer Infektion. Er empfahl eine Analyse.

Die Analyse bringt nichts, das ist irgendeine im Westen unbekannte, geheimnisvolle Krankheit; man rät mir von einem erneuten Besuch im Osten ab. Ich halte mich an den Rat des Arztes.

Tätowierung

Ende des Winters kam ein Tätowierungsspezialist zu uns und empfing drei Tage lang die Kundschaft. Sie ließen sich die verschiedensten Dinge von ihm eintätowieren, denn die Jugend liebt Illustrationen. Aber ich bin ein seriöser Mensch und habe was anderes im Kopf.

»Können Sie auch Portraits malen?«

»Ja«, sagte er. »Aber männliche Portraits nur im Profil.«

»Im Profil nicht«, antwortete ich. »Nur vom Foto.« Und ich zog ein Foto des Präsidenten heraus.

Er handelte mit mir, das sei ein schwieriges Modell wegen des nachdenklichen Ausdrucks in den Augen. Was soll's, ich zahlte. Dafür hat er mir einen schönen Präsidenten auf die Brust gemalt. Es tat weh, aber was tut der Mensch nicht für seine Karriere.

Zuerst zeigte ich es probeweise meiner Frau. Sie lobte es, aber es stellte sich heraus, daß wir uns trennen mußten, so sehr erheiterte sie der Präsident. Sicher war der Tätowierer kein Matejko, aber der Präsident ist ja auch nicht die Schlacht bei Tannenberg. Eine Ähnlichkeit war jedoch da, und das war das wichtigste.

Ich mußte allerdings bis zum Sommer warten, damit ich eine Gelegenheit hatte, den Beweis meiner Anhänglichkeit vor dem Präsidenten öffentlich zu zeigen. Am besten am Strand.

Der Frühling war ungewöhnlich kalt. Es vergingen der Mai und der Juni, und es war gar nicht daran zu denken, auch nur das Unterhemd auszuziehen. Ich saß also im Mantel da, denn im Büro war es kalt, und tröstete mich nur damit, daß ich alles bereit hatte. Es brauchte nur noch die Sonne zu scheinen.

Aber es vergingen Juli und August, wir hatten schon September, und die Temperatur war immer noch niedrig. Im Oktober verlor ich die Geduld. Ich zog den Mantel aus und ging zum Präsidenten.

»Mir ist irgendwie heiß«, sagte ich. »Erlauben Sie, Herr Präsident, daß ich das Jackett ausziehe?«

Er wunderte sich, hatte aber nichts dagegen. Ich hing das Jackett über den Stuhl und band den Schlips ab.

»Was haben Sie?« fragte der Präsident. »Sind Sie vielleicht krank?«

»Nichts dergleichen, es ist nur schwül.« Und ich zog die Weste und den Pullover aus.

»Haben Sie Fieber?« fragte der Präsident, und ich sah, wie er sich irgendwie merkwürdig von mir entfernte.

»Ich? Haha! Wissen Sie denn nicht, Herr Präsident, wie ich gebaut bin, ein echter Herkules! Wollen Sie mal mein Muskelspiel sehen?«

»Vielleicht ein anderes Mal...«

»Wozu warten, ich zeige es Ihnen sofort!«

»Nein!« schrie er, aber es war schon zu spät.

Ich habe mich damals erkältet, und ich habe bis heute Lungenstechen, unterhalb des Präsidenten. Das ist eben unsere geophysische Lage.

Der Verbrecher

Jedes Kind weiß aus dem Fernsehen, daß die Verbrecher im Ausland elegant sind. Und was ist bei uns? Wir haben einen rückfälligen Verbrecher, aber der ist weit entfernt von James Bond. Er stiehlt höchstens mal ein Huhn, läuft schlampig angezogen herum und kann keine Fremdsprachen. Jeden Augenblick kann ein ausländischer Tourist anreisen, man darf nicht zulassen, daß er von einem Dieb auf so niedrigem Niveau bestohlen wird.

Wir riefen also unseren Verbrecher zu uns und wandten uns folgendermaßen an ihn: »Schlag dir deine Hühner aus dem Kopf. Nur noch Brillanten und Wertpapiere. Ab heute ein weißes Hemd mit Krawatte, ein Alfa Romeo und lernen mußt du auch.«

Darauf er: »Brillanten habt ihr keine, was die Wertpapiere angeht, klar, ich kann Klopapier klauen, und der Alfa Romeo ist wohl ein Scherz.«

Ein bißchen hatte er ja recht. Wir ließen die Brillanten weg, waren mit dem Papier einverstanden und kauften ihm ein Moped. Was sein Aussehen betraf, verschafften wir ihm auf Gemeindekosten ein Abonnement beim Friseur.

Er besserte sich, aber er war immer noch nichts Richtiges. An dem einen oder anderen Punkt mußte man noch mit ihm arbeiten.

»Whisky mit Soda wäre nicht schlecht. Whisky können wir uns nicht leisten, aber Sodawasser gibt es in der Genossenschaft genug. Du bekommst ein Kilo Sodasalz wöchentlich auf unsere Rechnung und trinkst den Wodka mit diesem Zusatz. Wenigstens fünfundzwanzig Deka Soda auf einen Liter Wodka.«

Er besserte sich. Wir blickten schon mit etwas weniger Sorge in die Zukunft. Aber da blieben noch die Fremdsprachen.

»Kannst du nicht irgendeine? Wenigstens ein bißchen slowakisch, bis zur Grenze ist es nicht weit, die Frauen kommen mit Schmuggelwaren her, wir könnten dir eine besorgen, für Nachhilfestunden.«

Er machte Fortschritte. Er fing jetzt sogar selbst an, Dinge zu fordern: »Ich würde ja mal in die Philharmonie gehen...«

»Halt an dich, woher sollen wir denn eine Philharmonie nehmen?«

Aber im stillen waren wir stolz auf ihn. Wir hatten Bedürfnisse in ihm geweckt.

Bis er eines Tages verschwunden war. Er hinterließ nur einen Zettel: »Ich fahre weg. Ich kann es mit so unkultivierten Leuten wie euch nicht aushalten. Wodka trinkt ihr ohne Soda, zum Friseur geht ihr nur zu Ostern, eine Philharmonie gibt es nicht, mit niemandem kann ich mich in einer Fremdsprache verständigen. Arrivederci Roma.«

Da saßen wir also ganz ohne Verbrecher da. Sie haben schon recht, wenn sie in den Zeitungen schreiben, daß wir uns nicht an westlichen Vorbildern orientieren sollen.

Der Europäer

Als das Krokodil in mein Schlafzimmer kroch, dachte ich, man muß ja nicht übertreiben. Ich meinte damit nicht das Krokodil, sondern mich. Denn mein erster Reflex war, nach dem Telefon zu greifen und alle drei Alarmnummern zu wählen: die Polizei, die Feuerwehr und den Notarzt. Aber eben gerade eine solche Reaktion schien mir übertrieben. Da ich ein im kartesianischen Geist erzogener Europäer bin, hege ich einen Abscheu gegen Extreme, ich denke rational und unterliege keinen Impulsen, ohne sie vorher analysiert zu haben.

Ich steckte also den Kopf unter die Decke und machte mich an die geistige Arbeit.

Erstens, legte ich fest, das Erscheinen eines Krokodils in meinem Schlafzimmer ist absurd, dem logischen Denken gemäß dient das Absurde nur dazu, es von dem weiteren Verständigungsweg auszuschließen. Das heißt, es gibt kein Krokodil. Von dieser Schlußfolgerung beruhigt, guckte ich unter der Decke hervor, dank dessen ich gerade noch erblickte, wie das Krokodil die Schnur des Telefons anknabberte, das es vorher schon verschluckt hatte. Selbst wenn ich durch den Schlund in den Bauch des Krokodils gefaßt hätte und eine der Notnummern gewählt hätte, wäre die Kommunikation schon abgebrochen gewesen.

Ich beschloß, mich zu der nächsten öffentlichen Telefonzelle zu begeben, um die entsprechende Abteilung des Kommunikationswesens von dem Defekt meines privaten Telefons zu benachrichtigen, was mir dann mithilfe einer Mannschaft von Spezialisten erlauben würde, mich mit der Institution zu verständigen, die dazu da ist, Krokodile zu entfernen.

Als zivilisierter Mensch konnte ich jedoch nicht im Schlafanzug auf die Straße gehen, das Krokodil aber beendete gerade das Verschlingen meiner Hose. Natürlich war das nicht das einzige Paar Hosen, über das ich verfügte. Trotz des meiner Meinung nach ungenügenden Lebensstandards hatte ich noch ein Paar Hosen im Schrank. Leider befanden sich die, die ich beabsichtigte anzuziehen, weil sie am besten mit dem Umhang »Yves Saint Laurent« harmonisierten, nicht im Schrank, sondern in der chemischen Reinigung. Und wo war die Quittung, die meine Identität als Besitzer jener Hose bestätigte, ein Dokument, ohne das sich das Abholen meiner Hose aus der Reinigung als unmöglich erweisen würde? Ich begann die Quittung zu suchen, etwas hinkend, weil das Krokodil mir inzwischen ein Bein abgebissen hatte. Ich schenkte dem Bein keine Beachtung, weil meine Sorge um die Hose wuchs. Das Krokodil wollte mir gerade das zweite abbeißen, als ich die schreckliche Wahrheit ahnte: Es hat die Reinigungsquittung mitsamt der Hose aufgefressen und ich würde die Hose nie wiederbekommen.

Ich habe das Krokodil mit bloßen Händen erwürgt. Ich gestehe, daß ich brutal vorgegangen bin, und was noch schlimmer ist, unter dem Einfluß unkontrollierter Emotionen. Ich gestehe, daß ich, statt den konstitutionellen Institutionen zu vertrauen, auf eigene Faust gehandelt habe. Aber die Quittung von der Reinigung zu fressen?! Es gibt Situationen, in denen die Verteidigung der Zivilisation eine Überschreitung der zivilisierten Normen erfordert.

Gesundheitswesen

Es erwies sich als notwendig, mir den Blinddarm zu entfernen. Ich füllte die entsprechenden Formulare aus, und man schrieb mich in die Warteliste ein.

Zwei Jahre vergingen wie im Fluge, dann kam ich an die Reihe und fand mich im Krankenhaus wieder.

Die Operation gelang vorzüglich. Der Chefarzt selber gratulierte mir zu den Ergebnissen. »Das war ein schöner Eingriff, meine Dame«, sagte er.

Ich machte ihn darauf aufmerksam, daß ich männlichen Geschlechts bin. Er überprüfte was in seinen Papieren.

»Sie waren es, vor der Operation. Durch einen Irrtum sind Sie auf die Experimentierstation gekommen, gegenwärtig sind Sie eine Frau. Die Geschlechtsumwandlung ist ein Pionierzweig der Chirurgie, aber wir haben ausgezeichnete Resultate, wofür Sie, liebe Dame... lieber Herr...? ein Beweis sind.«

»Und was ist mit dem Blinddarm?«

»Wollten Sie den nicht behalten, gute Frau?«

»Nein. Ich möchte auch keine Frau bleiben, ich bitte Sie, dieses Mißverständnis sofort zu korrigieren.«

»Sie sind, mein lieber Herr, meine liebe Dame...? ein schwieriger Patient. Na gut. Was wollen Sie, liebe Dame, zuerst, erst die Männlichkeit oder den Blinddarm?«

»Das, was schneller geht.«

»Bitte füllen Sie die Formulare zweifach aus.«

Die Zeit verging schnell und die nächste Operation gelang ebensogut wie die vorherige. Die neue Niere funktionierte hervorragend, nur daß ich jetzt drei hatte, zwei eigene und eine verpflanzte. Aufgrund eines Irrtums in der Computerprogrammierung hatte man mich in den falschen Operationssaal gebracht. Ich war kaum zu mir gekommen, als ich schon Formulare in Sachen Nieren ausfüllte, die man zu den anderen legte.

Ich war schon kein junges Mädchen mehr, als ich die Nachricht erhielt, daß im Krankenhaus ein Platz frei sei und ich an der Reihe mit einer Nierenoperation sei. Es ging um die Entfernung von nur einer Niere, aber ich fand mich auf der Wöchnerinnenstation als Neugeborenes wieder. Es war ein Irrtum in der Zentralen Verwaltung des Gesundheitswesens unterlaufen, aber die Eltern protestierten nicht. Ich war schon ein ausgewachsenes Kind und sie sparten die Kosten für die Ausbildung, daher zogen sie es vor, mich als ihr eigenes anzuerkennen. Was mich betrifft, so hatte ich genug vom Ausfüllen von Formularen und ergab mich in mein Schicksal.

Die Beziehungen zwischen mir und meinen Eltern sind sehr gut. Die einzige Sorge, die ich ihnen bereite, ist mein Blinddarm, der mir immer noch zu schaffen macht. Sie wollen mich in ein Krankenhaus überweisen, um den Blinddarm herausoperieren zu lassen. Das trifft sich gut, denn ich habe den Verdacht, daß sie trotz allem lieber einen Jungen als ein Mädchen haben wollen.

Der Misanthrop

Das Abteil war leer. Ich setzte mich ans Fenster und schlug ein Buch auf.

Ich hörte das Schurren sich öffnender Türen. Es kam ein Typ mit einem großen Koffer herein. Ich kehrte zu meiner Lektüre zurück, weil ich keine Lust hatte, Bekanntschaften zu schließen. Der Verlust meiner Einsamkeit war genügend unangenehm.

»Sie sitzen auf meinem Platz.«

»Auf Ihrem Platz?«

»Bitte, sehen Sie nach.«

Ich hatte vergessen, in welche Tasche ich meine Karte gesteckt hatte, endlich fand ich sie.

»Bitte, Platz Nummer vierunddreißig, und das ist die Nummer neununddreißig.«

Ich setzte mich gegenüber hin. Ich hatte nicht die Absicht, den Fensterplatz zu verlassen, weil ich die Landschaft betrachten wollte.

»Ihr Gepäck.«

»Mein Gepäck?«

Er zeigte auf die Ablage.

»Ach, es geht Ihnen um meinen Mantel...«

»Nach den Vorschriften ist das Gepäck, weil es sich an dem Ort befindet, der für Gepäck vorgesehen ist.«

Ich nahm den Mantel von der Ablage. Mit Mühe

brachte er dort seinen Koffer unter, wobei er mich belehrte, daß dieser Abschnitt des Gepäcknetzes ausschließlich dem Passagier gehört, dem rechtmäßig der Platz neununddreißig zustand. Der Zug ruckte an, etwas gewaltsam. Ich begann, die Landschaft zu betrachten.

»Sie sitzen auf dem Platz Nummer achtunddreißig.«

Ich sah mich um, tatsächlich, an der Lehne war ein Emailleschildchen mit dieser Nummer.

»Der Platz Nummer vierunddreißig ist da.«

Er zeigte auf die Ecke bei der Tür.

»Ist das nicht egal? Das Abteil ist doch fast leer.«

»Es geht ums Prinzip.«

Ich hatte die Wahl: entweder mich in den offenen Konflikt mit diesem Besessenen zu stürzen oder ihm nachzugeben. In jedem Fall hätte ich ihm eine Genugtuung bereitet, wenn auch in jedem Fall eine andere. Ich beschloß also, das Abteil zu verlassen.

Ich stand auf und verlor fast das Gleichgewicht, der Zug beschleunigte und schüttelte die Waggons hin und her. Der Koffer über seinem Kopf schob sich an den Rand der Gepäckablage. Ich wurde mir bewußt, daß man weitere Beschleunigungen abwarten müßte.

Wortlos setzte ich mich auf den Platz Nummer vierunddreißig, um, weniger bequem, die Landschaft zu betrachten, dafür war hier eine bessere, weil diagonale Sicht auf den Koffer über dem Kopf meines Mitreisenden.

Der Zug bremste, und der Koffer zog sich in die hintere Ecke der Gepäckablage zurück. Ich begann zu zweifeln, ob meine Berechnung richtig war. Vielleicht wäre es doch besser, das Abteil zu verlassen?

»So ist es, mein Herr. Man muß immer die Vorschriften beachten.«

Er belehrte mich triumphierend.

Das entschied die Angelegenheit, und ich beschloß auszuharren. Schließlich war der Zug noch gar nicht in voller Fahrt gewesen und man konnte noch Hoffnung haben.

Ich schloß die Augen. Neben der Lektüre und dem Betrachten der Landschaft ist das Dösen die dritte Annehmlichkeit der Reise. Aber ich döste nicht wirklich. So konnte ich unter den geschlossenen Lidern die Gepäckablage beobachten, ohne seine Aufmerksamkeit zu erregen, was ich weder während des Lesens noch während dem Betrachten der Landschaft tun konnte.

Meine Berechnung erwies sich als richtig. Langsam, aber sicher rutschte der Koffer zum Rand. Zwischen mir und seinem Schwergewicht knüpfte sich eine intensive Verständigung an. Der kritische Moment kam näher.

Aber ich beschloß, ihm eine Chance zu geben. Nicht aus humanitären Gründen, noch weniger aus Nächstenliebe – aus Neugier.

»Sie sind, scheint es, ein Anhänger von Vorschriften. Darf man wissen weshalb?«

Er wurde lebhaft, offensichtlich war das sein Lieblingsthema.

»Vorschriften, mein Herr, sind notwendig, damit Ordnung herrscht. Ohne Vorschriften herrscht Unordnung.«

»Dann schlage ich Ihnen etwas vor: tauschen wir unsere Karten. Dann setze ich mich auf Ihren Platz, und Sie sich auf meinen. Auf diese Art und Weise verletzen wir nicht die Vorschriften, weil die Fahrkarten ja nicht namentlich ausgegeben werden, sondern auf den Besitzer. Was sagen Sie dazu?«

Er schwieg einen Augenblick lang überrascht.

»Und warum eigentlich?«

»Weil ich gern am Fenster sitze. Und Sie?«

Ich wartete auf die Antwort. Wenn er es eingestehen würde, wäre er gerettet.

»Aber die Nummer neununddreißig ist meine Nummer!«

»Ich verstehe, es wäre Manipulation. Naturgemäß können Vorschriften nicht absolut genau sein, aber das heißt noch lange nicht, daß man sie manipulieren darf. Ist es nicht so?«

»Na sicher…«

»Das heißt, daß Sie die Vorschriften mit der Vorsehung identifizieren.«

»Mit was?«

»Mit der Vorsehung, mit dem Schicksal. Vorschriften eliminieren die Beliebigkeit, das heißt den Zufall, das heißt das Chaos, also sind sie eine Erscheinung der Vorsehung, die Stimme des Schicksals.«

»Sie benennen das irgendwie…«

»Ich sage dasselbe wie Sie, nur mit anderen Worten. Sie sagen: Ordnung. Ich sage: Vorsehung. Sie sagen: Unordnung, ich sage: Chaos. Aber das läuft auf dasselbe hinaus. Also haben Vorschriften etwas Göttliches an sich. Jetzt verstehe ich, weshalb sie Ihnen heilig sind.«

»Vorschriften, mein Herr, sind Vorschriften, und basta.«

»Ausgezeichnet«, sagte ich und schloß die Augen zum

Zeichen, daß es nichts mehr zu reden gab. Und so war es tatsächlich.

Als der Koffer runterfiel, sank er auf den Boden, an der Stirn von der Metallkante getroffen. Ich dachte, er sei ohnmächtig geworden, und schwöre, daß ich das nicht gewollt hatte, schon allein deshalb, weil ich jetzt nicht wußte, was ich tun sollte. Wie weckt man Ohnmächtige auf? Und überhaupt so ein Ärger … Als ich mich ratlos umsah, bemerkte ich die Notbremse mit einem Täfelchen: »Im Notfall ziehen«. Es war ein Notfall, und wenn ihm niemand erste Hilfe erteilte, würde sich sein Zustand verschlechtern. Ich zog die Notbremse.

Aufgrund dessen hatte der Zug eine zweistündige Verspätung, was ein Chaos im Fahrplan des gesamten Bezirks verursachte. Diese Verletzung der Ordnung brachte aber überhaupt nichts, weil er, wie sich dann herausstellte, sofort tot gewesen war. Ich aber hatte mich die ganze Zeit den Vorschriften entsprechend verhalten und hatte mir nichts vorzuwerfen.

Wirtschaftswunder

Ich begab mich in eines der Osteuropäischen Länder, um – die neue politische Situation ausnutzend – wirtschaftliche Beziehungen anzuknüpfen.

Ich mietete einen Laden und hämmerte ein Schild daran mit der Aufschrift EXPORT – IMPORT und wartete auf Angebote. Aber es erschien niemand.

Ich dachte, daß vielleicht wegen des Mangels an grundlegenden Artikeln auf dem eigenen Markt die Bewohner eher am Import als am Export interessiert sind. Ich änderte also die Reihenfolge der Anzeige in: IMPORT – EXPORT und stellte somit den Import an die erste Stelle.

Es erschien ein Rentner, der mir vorschlug, ich solle ihm doch aus dem Ausland ein Portrait von Lenin besorgen, ein Artikel, der augenblicklich auf dem Markt nicht erhältlich sei. Im Laufe von fünfundvierzig Jahren habe er sich daran gewöhnt, zwei Mal täglich auf Lenin zu spucken, und das letzte Exemplar habe sich abgenutzt. Höflichkeitshalber versprach ich ihm ein paar Stück aus Kuba, aber das war natürlich kein Geschäft.

Weil auch im weiteren Verlauf niemand in mein Büro kam, dachte ich mir, daß vielleicht die fremdländische Orthographie den Kontakt mit den Einheimischen erschwerte. Ich tauschte das X gegen ein KS aus, indem ich die Orthographie an die einheimische Sprache anglich: IM-

PORT – EKSPORT Es meldete sich ein junger Mann und verkündete, ich könne ihn für die entsprechende Bezahlung in irgendein westeuropäisches Land exportieren, am liebsten in die USA. Auf meine Frage, als was ich ihn denn exportieren solle, reagierte er mit Verwunderung.

Dann aber erklärte er, als Qualitätsprodukt. Denn als jemand, der in einem Land geboren sei, das nicht seinesgleichen auf der Welt habe, sei er ein reines nationales Produkt und damit automatisch besser als alle anderen, die irgendwo anders geboren seien, also würde der Exportartikel, in was für einem Lande der Welt auch immer, begeistert aufgenommen werden. Als ich ablehnte, zerschlug er mir sämtliche Fensterscheiben.

Da ich immer noch keine Kunden hatte, beschloß ich, meine Anzeige wenigstens visuell zu abstrahieren:

```
  E
  K
  S
IMPORT
  O
  R
  T
```

Was jedoch keinerlei Resultate erbrachte.

Nur irgendein Vandale interessierte sich für mein Unternehmen. Als ich nach einem der nächsten Tage erfolglosen Wartens meinen Laden schloß, bemerkte ich, daß jemand sowohl ›Import‹ wie ›Eksport‹ durchgestrichen und darüber geschrieben hatte: ›Arschloch‹.

Mißmutig beschloß ich, das Unternehmen zu schließen, und mit dieser Entscheidung kehrte ich ins Hotel zurück.

Als ich am nächsten Morgen zum Büro ging, um die Liquidierung zu vollziehen, sah ich schon von weitem, daß vor dem Aushang, der am letzten Abend von dem unbekannten Vandalen so modifiziert worden war, eine lange Schlange von Interessenten stand, die ungeduldig auf die Öffnung des Ladens wartete.

Ich änderte meine Entscheidung: ich bleibe. Ich stelle Personal an und erweitere das Büro. Es bleibt nur noch zu klären, worin meine Tätigkeit eigentlich bestehen soll. Aber das ist nicht das Problem, das werden mir die Experten vom Marketing erklären. Das wichtigste ist, daß ich Kunden habe.

Der Zwerg

Ich verließ den Wald. Am Waldesrand stand eine lackierte Bank, sogar mit Lehne, zum Tal gewandt.

Ich legte den Koffer auf diese Bank und setzte mich, denn ich hatte ein gutes Stück Weg hinter mir, von der Grenze an. Beeilen mußte ich mich nicht mehr, umsehen sollte ich mich eher, bevor ich weiter ginge.

Ich legte die Hand vor die Augen, um besser sehen zu können. Die Sonne ging unter, ich war von Osten gekommen und sah jetzt direkt ins Licht.

Im Tal sah ich ein Haus, weiß verputzt, sehr ordentlicher Putz, unter dem roten Dach grüne Fensterläden. Geranien in den Fenstern. Der grüne Rasen war gleichmäßig gemäht, ein hellgelber Pfad von der Pforte zum Haus, mit sauberem Sand bestreut. Genau wie ich das liebe.

Auf dem Rasen vor dem Haus irgendeine Figur, in kurzen Hosen mit Hosenträgern, in weißen Kniestrümpfen. Mein Schwager, der schon früher emigriert war, hatte mir geschrieben, daß sie solche Figuren aus Gips zur Zierde auf den Rasen stellen. Das seien sozusagen Tiroler Wichtelmännchen. Sie nennen sie ›Zwerge‹.

Man sah, daß es ein wohlhabender Hof war. Irgendeine Arbeit wird sich da für mich finden, und dann kaufe ich mir einen Mercedes.

Da hörte ich irgendein Rascheln hinter meinem Rükken. Ich drehte mich um und erblickte einen dunkelhaarigen Mann mit einem Koffer, der aus den Büschen kam. Ich sehe ihn an, und er bleibt stehen und sieht mich an.

Keiner von hier, aber auch keiner der Unsrigen. So dunkel im Gesicht, während wir blond sind. Irgendein arabischer Türke oder was...

»Was willst du hier?« frage ich.

Der sagt nichts, setzt sich nur auf meine Bank, als wäre es seine. Den Koffer legt er sich auf die Knie, weil auf der Bank kein Platz mehr ist, der Koffer ist schäbig, aus Pappe. Meiner ist wenigstens aus Kunstleder.

Mich packt die Wut. Ich kann kein deutsch, aber mein Schwager hat mir geschrieben, daß »Ausweis« und »Papiere« das wichtigste bei denen sind. Also sage ich zu diesem Türken:

»Ausweis bitte.«

Er sagt nichts. Er versteht nicht oder er tut so, als ob er nichts verstünde.

»Papiere.«

Wieder nichts. Klar, daß er so tut als ob, denn sicher hat er keinen Paß. Ich auch nicht, aber bei mir ist das was anderes, ich habe keine dunklen Haare. Und ich habe ordentliche Schuhe, keine alten Tennislatschen.

»Hände hoch!« fällt mir aus einem alten Film ein.

Er zuckt nicht mal zusammen. Er blickt nur auf das Haus, auf die allerliebsten Geranien, auf den gleichmäßigen Rasen, auf den Zwerg... Er blickt auf all das, als gehöre es ihm.

Ich dachte, wenn er kein deutsch versteht, versteht er vielleicht unsere Sprache. Ich stand auf, krempelte die Ärmel hoch, um freie Handgelenke zu haben, als wieder was in den Büschen raschelt. Ich drehe mich um und…

Nein, bloß das nicht! Aus den Büschen kam ein Neger. Sogar ohne Koffer, er hatte nur eine Reklametüte mit MARL ORO drauf. Das hätte MARLBORO sein sollen, aber die Tüte war eingerissen und das B war verschwunden. Und er ging barfuß.

»Scheiße«, sagte der Araber beim Anblick des Negers. Denn er hatte sich auch umgedreht und reagiert. Also konnte er doch deutsch, nicht viel, aber das Notwendigste.

Ich verspürte Sympathie für den Araber. Nicht daß ich ihn liebgewonnen hätte, das nun nicht, aber immer noch besser ein Araber als ein Neger. Aber wir beide hatten Glück, daß aus den Büschen kein Jude herausgekommen war. Obwohl man nicht weiß, was schlimmer ist, ein Jude oder ein Neger. Ein Jude ist weniger schwarz als ein Neger, fast so wie ein Araber, aber er hat den Herrn Jesus gekreuzigt. Der Neger hat ihn nicht gekreuzigt, aber er ist schwärzer als der Jude und der Araber zusammen.

Er legte die MARL ORO auf das Gras und hockte sich hin. Gut, daß er sich wenigstens nicht auf unsere Bank drängelte.

Ich denke, daß sich hier eine zu große Menge angesammelt hat. Mein Schwager hat mir geschrieben, daß es jetzt schwierig ist mit der Arbeit, weil zu viele Araber und Neger gekommen sind und Schaden anrichten. Es ist Zeit, runter ins Tal zu gehen, denn ›wer zuerst kommt, mahlt zuerst‹.

Ich nahm meinen Koffer und begann, ohne mich nach

ihnen umzusehen, runter zu laufen. Je näher das Haus kam, desto schöner sah es aus. Der Pfad von der Pforte zum Haus war sehr hübsch mit Muscheln gesäumt, und der Zwerg auf dem Rasen sah wie lebendig aus, eine Hand an der Hüfte, die andere in die Höhe gestreckt. Ordentlich zur Seite gekämmte Haare, ein kleiner quadratischer Schnurrbart. Und an den Kniestrümpfen Bommeln.

Ich näherte mich ihm, aber er bewegte sich plötzlich, drehte sich um, geht vom Rasen Richtung Haus, als wolle er mir den Weg zeigen. Na so was! Na, da habe ich nicht lange nachgedacht und bin ihm hinterher.

Wir gingen durch die Tür in die Diele, an deren Wänden Hirschgeweihe hingen, aber er blieb nicht stehen, sondern ging weiter zu einer zweiten Tür gegenüber der ersten, öffnete sie und ging in den Garten. Ich immer hinterher.

Seltsam, daß ich den Garten von oben her nicht bemerkt hatte, das war sicher deshalb, weil das Haus ihn verdeckte.

Der Garten war etwas verwildert. Von Pfaden mit Muscheln keine Spur, stattdessen führten schmale mit Unkraut überwachsene, verrostete Schienen in die Tiefe des Gartens. Er diese Schienen entlang und ich hinterher.

Wir kamen in dichtes Gestrüpp, zwischen verschlungenen Bäumen. Geradezu erstaunlich viel Spinnengewebe zwischen den Ästen, die Sonne schien schräg durch sie hindurch. Irgendwie wurde es unangenehm und kalt, sicher weil die Sonne schon so tief stand.

Er schob die großen Büsche auseinander und ging auf eine kleine Lichtung zu.

Und auf der Lichtung Ruinen!

Ein quadratisch gedrungener Schornstein stand noch, aber das Gebäude war in einem erbärmlichen Zustand. Die Fensterscheiben eingeschlagen, und die noch vorhandenen Scherben waren spitze, verstaubte und schmutzige Glasdreiecke. Wir kamen rein, er zuerst, dann ich ihm nach, der Himmel über uns wurde schon dunkel. Ich sah es, denn ein Dach gab es nicht, es hielten nur noch einige Dachsparren.

An der dem Eingang gegenüberliegenden Wand war auf einer Mauer eine kleine eiserne Tür mit zwei Flügeln, breiter als hoch, wie von einem Backofen, im Schloß steckte ein Riegel, und alles war völlig verrostet.

Vor diesem Ofen endeten die Schienen.

Der Zwerg blieb vor dem Ofen stehen, drehte sich um und sagte: »Viel Arbeit.«

Ich aber rutschte in dem Moment auf irgendwas aus, ließ den Koffer fallen und fiel selber nach hinten. Ich drehte mich auf allen Vieren um und sehe Beine in alten Tennisschuhen, direkt vor meinen Augen. Ich schaue an den Hosenbeinen hoch und sehe, daß der Araber mit dem Koffer über mir steht. Und dahinter der Neger mit seinem MARL ORO, der fletscht die Zähne. Ich hatte nicht gehört, daß sie mir hinterher gelaufen waren, denn einer ging in Tennisschuhen, der andere barfuß.

»Viel Arbeit für alle drei«, sagte der Zwerg zu uns.

Er quartierte uns in der Baracke hinter dem Schornstein ein. Da standen drei Pritschen, eine über der anderen. Der Neger legte sich sofort ganz nach unten, aber der Araber drängelte sich nach oben. Erst als ich ihm den Schlagring zeigte, war er damit einverstanden, tiefer zu schlafen, obwohl er ein bißchen auf arabisch oder vielleicht auf türkisch murrte. Mir ist das ganz egal, Araber oder Türke, ich bin kein Rassist. Hauptsache, er kennt seinen Platz.

Seltsam nur, daß es kein Wasser gab, weder zum Trinken noch zum Waschen. Um so verwunderlicher, da der Zwerg bei allem anderen nicht sparte. Er gab uns gut zu essen, da kann man nicht meckern. Er brachte uns das Essen in die Baracke, drei Mal am Tag stellte er drei Tontöpfe auf den Tisch, in jedem Kohl, Erbsen und Eisbein. Dann setzte er sich in die Ecke auf einen Schemel und sah zu, wie wir aßen, ohne ein Wort zu sagen. Nur die zur Seite gekämmten Haare strich er sich glatt. Er selbst aß nichts. Dann nahm er die Töpfe und verschwand.

Das Trinkwasser war nicht so wichtig, in der Baracke stand ein Faß Bier, und wieviel wir auch tranken, es war immer voll. Irgendeine Hexerei oder was? Aber waschen würde man sich manchmal gern. Den beiden anderen war es wohl egal, man weiß ja, was die für Schmutzfinke sind, aber ich bin früher jeden Sonnabend in ein Dampfbad gegangen. Na, macht nichts, wenn ich mir den Mercedes kaufe, dann wasche ich mich auch.

Denn Arbeit gab es, der Zwerg hatte uns nicht belogen. Es reichte für alle und es blieb noch was übrig. Schon Mitte September stand die Bäckerei unter einem Dach, bevor der Oktober zu Ende ging, hatten wir den Ofen repariert. Man mußte noch Scheiben einsetzen, streichen, die Bäume stutzen, die Schienen reinigen und das Gelände aufräumen. Und das alles vor dem Winter, bevor es anfing zu schneien.

Natürlich wurde ich Brigadeleiter, wer wenn nicht ich? Ich scheuchte den Araber, der Araber den Neger, und die Arbeit ging voran. Der Zwerg kam, um nachzusehen, wie die Arbeit voranging. Er war zufrieden mit mir. Er klopfte mir auf die Schulter und sagte: »Gut, Kapo, gut.«

Sonst sahen wir ihn nicht.

Gegen Ende November war alles fertig. Der Zwerg besichtigte, kontrollierte, ob die Ofentüren funktionierten, ob die Klinkersteine gleichmäßig gelegt waren und der Schornstein gesäubert war. Er sagte nichts, aber es war ersichtlich, daß er mit unserer Arbeit zufrieden war, denn er rieb sich die Hände und stampfte mit den Füßen, als ob er vor Freude tanzen wollte.

»Und jetzt alle ins Bad«, sagte er auf deutsch.

›Endlich kann ich baden‹, dachte ich. ›Und dann der Lohn und der Mercedes.‹

Er führte uns denselben Weg wie vor drei Monaten zurück, aber jetzt sah das alles irgendwie anders aus. Die Bäume waren gefällt, die Büsche gestutzt, das Unkraut vertilgt und die Schienen glänzten. Mit Glanzpapier hatten wir sie abgeschmirgelt.

Überall Sauberkeit und Ordnung.

Wir standen vor dem Haus. Über der Tür war ein Schild DUSCHE. Ich erinnerte mich nicht, ob das auch vorher schon da war, weil ich damals dem Zwerg nachgeeilt war und mich nicht umgesehen hatte.

Er befahl uns, draußen zu warten und ging selber hinein. Nach einem Augenblick kam er mit einer runden großen Blechdose zurück. Auf der Dose war eine Aufschrift: CYKLON und ein Totenkopf.

»Ein erstklassiges Mittel zum Baden«, sagte er. »Prima Reinigungsbad.«

Ich kannte die Marke nicht, aber der Name gefiel mir, obwohl mich dieser Totenkopf ein wenig erstaunte. Aber schließlich ist auf reinem Alkohol auch ein Totenkopf, und der ist sehr gut, wenn man nichts anderes zum Trinken hat.

»Ausziehen!« befahl der Zwerg.

Wir sahen uns an. Ende November und zu kalt, um nackt rumzulaufen. Aber ich dachte mir, ein Bad, dann später der Lohn und der Mercedes. Es lohnte sich.

Ich zog mich als erster aus, die anderen folgten meinem Beispiel. Ich legte meine Kleidung ordentlich zusammen und legte sie auf die Schienen. Ich ging zu dieser Tür mit der Aufschrift DUSCHE.

»Halt!« rief der Zwerg. »Erst der Schwarze.«

Der Neger war zufrieden, daß sie ihn als ersten hinein baten und drängte sich vor mich. Ich gab ihm einen Fußtritt.

»Erst der Schwarze«, sagte der Zwerg. »Dann der Mittelschwarze und du, Blondkopf, ans Ende. In eine Reihe stellen, aber schnell!«

»Was, ich nach ihm?« schrie der Araber und drängelte sich vor den Neger. Jetzt war er vorn, der Neger hinter ihm und ich ganz am Ende. Mich packte die Wut.

»Mir ist das ganz egal«, sagte ich höflich zum Zwerg, »wer am Ende ist. Das kann Bimbo oder Salem Alejkum sein, aber ich werde der erste sein.«

»Weg! Ans Ende!« schrie der Zwerg mich an. »Ordnung muß sein!«

»Ans Ende kannst du deine Großmutter stellen, du beschissener Zwerg!« Und ich schubste mich vor den Araber. Aber der gab nicht auf und schlug mir ins Gesicht.

Ich packte ihn an der Taille und wir fielen beide auf den Boden. Ich war oben, aber ich sah, daß der Neger sich wieder nach vorn drängelte und erwischte ihn am Fuß. Das nutzte der Araber aus und setzte sich auf meinen Kopf.

»Alle rrraus!« brüllte der Zwerg.

Nun, und so endete das, er verjagte uns. Die Dusche, der Lohn und der Mercedes waren hin.

Aber das macht nichts. Ich habe meine Ehre und werde nicht zulassen, daß der Araber erster ist, geschweige denn der Neger. Ich werde bei der Heilsarmee baden und dann suche ich mir irgendeine Arbeit.

Die Jungfrau

Es war einmal ein Königssohn, der hieß Kapitalismus. Obwohl er vermögend und reich war, war er nicht glücklich, weil ihn niemand liebte, noch liebte er jemanden. Er hatte auch noch keine Jungfrau getroffen, die in ihm eine Liebe erweckt hätte.

Da hörte der Königssohn, daß in fernen Ländern eine Jungfrau namens Rosja* wohnte. Ein böser Zauberer habe sie verzaubert, sie sei in einen tiefen Schlaf gefallen, aus dem sie seit Jahren nicht aufwachen könne. Er beschloß, zu ihr zu fahren.

Nie zuvor war er in östlichen Gegenden gewesen, sie erschienen ihm merkwürdig und schrecklich. Denn je weiter er gen Osten kam, desto kleiner wurden die Bäume, desto größer die Pilze, bis die Eichen wie Pilze und die Pilze groß wie Eichen waren. Mit den Tieren war es auch irgendwie anders als anderswo. Der Bär lief nicht auf seinen eigenen Beinen, sondern ritt auf einem Karnickel, das auf einer Ameise ritt. Die aber konnte die beiden nicht tragen, wegen der doppelten Last. Als dann ein Hirsch auftauchte, der die Hörner an der Stelle des Schwanzes hatte, den Schwanz aber auf der Stirn, wunderte das den Königssohn nicht wenig.

* Polnisch für ›Rußland‹.

So kam der Königssohn auf eine Lichtung im Walde, wo sich eine kleine Hütte befand, und in dieser Hütte fand er die Prinzessin. Sie ruhte auf dem Bett, in tiefem Schlaf. Der Königssohn war von ihrer Schönheit entzückt und verliebte sich sofort in sie. Jetzt mußte er sie nur wecken, damit auch sie sich in ihn verliebte. In Liebe vereinigt würden sie glücklich und lange leben.

Er beugte sich also über die Prinzessin und drückte ihr einen Kuß auf die Stirn. Die Prinzessin öffnete ein Auge und schloß es gleich wieder. Der Königssohn wiederholte seinen Kuß, die Prinzessin zuckte nicht einmal zusammen. Er konzentrierte sich und küßte sie zum dritten Mal, so zärtlich er nur konnte. Die Prinzessin drehte sich auf die andere Seite.

»Was ist los?« fragte der Königssohn. »Worum geht es?«

»Du denkst wohl, du Dummkopf, du brauchst mich nur einmal zu küssen, und das reicht. Ein-, zwei- oder dreimal und fertig. Setz dich her und küß mich weiter, vielleicht empfinde ich irgendwann etwas, und dann reden wir weiter; jetzt gibt es da noch nichts zu bereden.«

Dann schnarchte sie und schlief weiter.

Der Königssohn küßte und küßte. Er zog sein Jackett aus, weil er schwitzte und, obwohl er völlig ohne jeden Erfolg war, hörte er nicht auf zu küssen, weil das Glück, selbst wenn es unerreichbar war, schon zu nah schien, als daß er darauf hätte verzichten können.

Und so küßt er bis heute.

Fremdsprachen

Der Präsident ließ uns rufen und verkündete: »Wer eine Fremdsprache kann, bekommt eine Prämie. Wer kann eine?«

»Ich!« schrien wir im Chor.

»Einer nach dem anderen, meine Herren, jeder kommt dran. Also fangen wir an: Bitte, Herr Buchhalter, Sie sind der erste.«

»Ich kann Deutsch«, verkündete der.

»Wieso haben Sie das geheim gehalten? Bitte, sagen Sie uns was auf deutsch.«

Der Buchhalter strengte sich so an, daß ihm die Adern auf der Stirn anschwollen, brachte aber kein Wort hervor.

»Na mutig, immer frisch drauf los!« ermunterte ihn der Präsident.

»Besukschain«, sagte der Buchhalter. Er war schon in vorgerücktem Alter und sollte bald pensioniert werden.

»Auswais… Hende hoch…« fügte er hinzu und begann zu schwitzen.

»In Ordnung«, sagte der Präsident und schrieb auf, daß der Buchhalter deutsch kann. »Wer ist der nächste?«

»Ich kann Englisch«, meldete sich der Referent.

»Wir hören.«

»Okej«, sagte der Referent, dann trank er einen Schluck Wasser und dachte nach.

»Weshalb sagen Sie nichts? Wir warten.«

»Ich hab doch eben was gesagt, das war englisch.«

»Na, vielleicht noch was...«

»Video, bisness, fifty-fifty...« plauderte der Referent geschwätzig.

»Ich kann Russisch!« unterbrach ihn der Lagerverwalter.

»Na, dann sprechen Sie.«

»Aber ich schäme mich. Sie verstehen... das sind alles solche Wörter... Wenn man die nüchtern...«

»Na, ist gut. Sie sagen uns das bei Gelegenheit. Und Sie, Herr Miecio, wieso melden Sie nichts an?«

»Ich kann keine einzige Fremdsprache.«

»Unmöglich!«

»Wo ich doch wirklich...«

»Vielleicht wenigstens einen Bergdialekt. Sie waren doch sicher in Zakopane?«

»Auch nicht.«

»Na, da ist nichts zu machen. Sie sind selber schuld.«

Und der Präsident schrieb auf, daß Miecio keine einzige Fremdsprache beherrschte.

Aber Miecio wußte, was er tat. Einen Monat später schickte man ihn auf einen Auslandsposten.

Übertreibung

Nowosądecki rief mich an. »Mayer geht es schon besser«, sagte er.

»Bestimmt?« fragte ich vorsichtig.

»Er hat mich vor einem Augenblick angerufen und gesagt, daß er nicht mehr hustet.«

»Und er hat keine Seitenstiche mehr?« fragte ich fürsorglich.

»Noch ein bißchen, aber es hat schon nachgelassen.«

»Und das Fieber?« fragte ich, ohne die Hoffnung zu verlieren.

»Weiß ich nicht, vom Fieber hat er nichts gesagt.«

»Na, dann gehen wir zu ihm.«

Wir gingen also. Mayer begrüßte uns in einem vietnamesischen Schlafrock mit großen Schmetterlingen. Er war lebhaft und hatte rote Wangen.

»Wie steht es mit der Gesundheit?« fragte ich.

»Danke, gut. Eigentlich habe ich gar nichts mehr.«

»Aber du hast Fieber.«

»Nicht mehr.«

»Nein? Vielleicht mißt du trotzdem lieber mal.«

»Ich habe gemessen. Ich habe kein Fieber.«

»Wieso glühst du dann so?«

»Weil ich einen Mercedes gewonnen habe.«

»Wie das?«

»In der Lotterie.«

Stille trat ein.

»Einen neuen?« fragte Nowosądecki dumpf.

»Einen nagelneuen. In der Lotterie gewinnt man nur neue Wagen.«

»Na, dann werden wir mal gehen«, sagte Nowosądecki.

Wir gingen hinaus. Vor dem Haus stand ein silbriger Mercedes. Wir standen an der Bürgersteigkante.

»Hast du einen Nagel?« fragte ich.

Nowosądecki durchsuchte seine Taschen.

»Nur ein Taschenmesser.«

Wir arbeiteten fast eine halbe Stunde, denn die Reifen waren hart, und das Taschenmesser klein. Aber wir durchstachen sie und gingen.

Daß es ihm besser geht, kann man ja noch ertragen. Aber warum sollte es ihm allzu gut gehen?!

Der Fakir

Im vergangenen System sollte unser Bezirk industrialisiert werden. Das heißt, die sollten uns eine Fabrik bauen, weil wir keine hatten, und ohne Fabrik geht es bekanntlich nicht. Sie kamen angefahren, schlugen eine Lichtung in den Wald und stellten auf diese Lichtung einen großen Schornstein. Wir fragten uns, denn der Mensch ist ja immer neugierig, was da für eine Fabrik entstünde und was sie produzieren würde. Sie sagten, es würde eine große Fabrik, und was sie produziere, darüber sollten wir uns nicht den Kopf zerbrechen, denn sie würde das produzieren, was notwendig wäre. Dann fuhren sie ab und kamen nicht mehr wieder, weil sich das System geändert hatte. Aber der Schornstein blieb.

Wir schämten uns, daß eine Fabrik scheinbar da war, weil ein Schornstein vorhanden war, aber auch wieder nicht, weil sie nicht existierte, es sie nicht gab. Also haben wir Jozek vom Walde angeheuert, damit er im Schornstein wenigstens was verbrennt; wenn schon ein Schornstein da ist, sollte auch Rauch da sein, und wir selber setzten eine Anzeige in das *Wall Street Journal:*

Wir besitzen einen Schornstein. Es besteht die Möglichkeit des Anbaus einer Fabrik.

Zunächst war alles in Ordnung. Der Schornstein rauchte, Beschäftigung hatten wir im Bezirk, weil ja Jozek da war, und von *Wall Street* würde irgendein Kapitalist kommen und uns eine Fabrik anbauen.

Die Zeit verging, und kein Kapitalist war zu sehen. Erst gegen Herbst kam einer, ein Inder.

Wir haben uns sehr gefreut, weil er ein Kapitalist war und noch mehr, weil er aus Indien kam, weil wir uns schon Sorgen gemacht hatten, es käme irgendein Jude oder ein Deutscher. Der Inder besah sich den Schornstein, sagte, daß er genau so einen gesucht habe und eine Fabrik anzubauen, sei eine Kleinigkeit, er bräuchte nur ein bißchen Zeit dafür. Das war klar, also schlossen wir einen Vertrag, daß er so lange bei uns bleibt, bis er die Fabrik gebaut hat, und während dieser Zeit bekäme er von uns Kost und Logis umsonst.

Er wohnte beim Bürgermeister, aß aber im Restaurant am Markt, und die Tochter des Bürgermeisters wusch seinen Turban. Er war höflich, da kann man nichts sagen. Er stellte sich niemandem in den Weg, aß, was man ihm vorsetzte, besonders mochte er russische Piroggen und Bier. Nur dem Pfarrer fiel er unangenehm auf, weil er nicht in die Kirche ging. Wir nahmen ihm das nicht übel, schließlich war er ein Heide und mußte sowieso in die Hölle, aber der Pfarrer meinte, das sei keine Entschuldigung, denn wenn er ein Heide sei, solle er sich taufen lassen.

Im übrigen zeigte er sich nicht oft, nur daß er ins Restaurant ging und zurück. Hauptsächlich saß er zu Hause und arbeitete am Anbau der Fabrik.

Wir waren neugierig, wie er damit vorwärts kam, aber wir wagten ihn nicht zu fragen. Also baten wir die Tochter des Bürgermeisters, durch das Schlüsselloch zu gucken. Sie sagte darauf, sie habe schon durch das Schlüsselloch geguckt, aber nichts Interessantes gesehen, er säße nur da und spiele auf einer Flöte. Das wunderte uns sehr und wir beschlossen, mit ihm zu reden. Wir erwarteten ihn im Restaurant, und als er zum Mittagessen kam, fragten wir: »Was ist mit dieser Flöte?«

»Bei uns in Indien gibt es so einen Brauch. Man setzt sich und spielt auf der Flöte: Dann bewegt sich eine Schnur oder sonst was, was auf der Erde in einem Knäuel zusammengerollt ist, das eine Ende erhebt sich und streckt sich in die Höhe und nach einem Augenblick steht die Schnur wie ein Draht.«

»Na gut, aber was hat das mit der Fabrik zu tun?«

»Mit der Fabrik ist es genauso. Man spielt auf der Hirtenflöte und die Fabrik steht.«

Eigentlich hatte er recht. Bei uns spielen diese Flöten auch eine große Rolle, besonders im Wirtschaftsleben. Aber es blieben uns einige Zweifel.

»Und muß man lange so spielen?«

»Das hängt von der Fabrik ab. Wenn sie groß ist, dann lange, wenn es eine kleinere ist, dann kürzer. Wünschen Sie sich eine große oder eine kleinere?«

Wir sahen uns an. Eine große wäre schon schön, aber wir sahen, daß er sich einen Viertel Liter Wodka zum Kotlett bestellte und er aß und trank hier schon seit dem Herbst. Andererseits... Wir sollten schließlich in wirtschaftlicher Hinsicht Japan einholen, das kann nicht ohne Kosten abgehen.

»Sie soll groß sein.«

»Erledigt«, sagte der Fakir und bestellte sich einen weiteren Viertelliter, denn den ersten hatte er schon ausgetrunken.

Wir verabschiedeten uns, um ihn nicht zu stören. Soll er mal arbeiten.

Zu Ostern stand immer noch keine Fabrik. Dafür war die Tochter des Bürgermeisters schwanger und der Fakir verschwunden.

Wir nahmen ihm das nicht übel. Wir haben zwar keine Fabrik, aber einen natürlichen Zuwachs der Geburtenrate, und das ist wichtiger: Ein großes Volk ist ein starkes Volk.

Die Verwandlung?

Dieser Kafka dachte, daß nur ihm so was passiert. Ich meine Franz Kafka, den Literaten, der sich in einen Käfer verwandelte und das in einem seiner Werke beschrieben hat. Es ist keine große Kunst, sich in etwas Ekelhaftes zu verwandeln, das kann jeder, aber das ist ja noch kein Grund, sich dessen zu rühmen. Ich zum Beispiel habe mich mal in ein Reptil verwandelt, aber mir ist nicht in den Sinn gekommen, das zu beschreiben. Jetzt tut es mir leid, weil Kafka berühmt geworden ist, während ich so…

Es ist viel schwieriger, sich wieder in einen Menschen zu verwandeln. Ich schreibe über diese Schwierigkeit, obwohl ich überhaupt keine Hoffnung habe, daß es mir Ruhm einbringen wird. Es gibt keine Gerechtigkeit auf dieser Welt.

Ich war also ein Reptil. Vielleicht nicht so eins, was offiziell zu klassifizieren wäre, aber eine Art von Reptil ganz gewiß. Das bewies schon der Schwanz, ganz zu schweigen von den anderen Details meiner damaligen Verkörperung. Er war etwa zwei Meter lang, kammartig und mit Schuppen besetzt. Wenn ich vor allem vom Schwanz erzähle, dann weil es am schwierigsten ist, den Schwanz loszuwerden. Von vorne sah ich schon menschlich aus, aber von hinten oder von den Seiten – immer noch wie ein Reptil.

Unabhängig von der moralischen Unangemessenheit verursachte der Besitz des Schwanzes viele praktische Schwierigkeiten. Ich konnte die Tür nicht hinter mir zumachen wie jeder normale Mensch, ohne mich nicht mit der Vorderseite zur Tür zu stellen; wenn ich die Straße überquerte, riskierte ich jedes Mal, daß mir ein Auto über den Schwanz fuhr; in der Menge trat mir oft jemand auf den Schwanz. Aber vor allem litt ich psychisch, weil der Schwanz das letzte Hindernis auf dem Weg zur vollen Menschwerdung war. Und es war mir überhaupt nicht angenehm, wenn die Krokodile im Zoo mich verständnisinnig ansahen.

Was war zu tun? Ich begriff, daß ich aus eigenen Kräften den Schwanz nicht loswürde und wandte mich an Experten. Ganz zuerst an die, die behaupten, daß die Menschlichkeit eine Sache der Seele ist. Hast du eine Seele, bist du ein Mensch. Hast du keine, bist du ein Reptil, oder im besten Fall eine Kuh. Sie erkannten an, daß ich im Prinzip eine Seele habe, sie sei aber unterentwickelt. Eine Zeitlang entwickelten sie sie mir, aber offensichtlich übertrieben sie, denn obwohl der Schwanz sich nicht rührte, wuchsen mir Engelsflügel. Zusammen mit dem Schwanz sah das noch schlimmer aus als vorher, und ich verzichtete auf weitere Heilung.

Glücklicherweise leben wir nicht im Mittelalter, es existieren laizistische Alternativen. Das Reptil wurde angeblich dank der gedanklichen Kultur zum Menschen, ohne jede Metaphysik. Ich abonnierte ein paar literarische Zeitungen und maß täglich den Schwanz, ob er sich nicht verkleinerte. Ich habe nur so viel erreicht, daß er sich langsam in eine Spirale verdrehte. Statt eines einfachen geraden ehrlichen Schwanzes hatte ich jetzt immer noch den Schwanz eines Reptils, aber in der Form eines Korkenziehers.

Offensichtlich stimmte das mit der Kultur auch nicht. Aber wozu gibt es die Sozialtheorie? Der Mensch wird zum Menschen dadurch, daß er in der Masse lebt, das heißt in der Gesellschaft, dadurch daß er kooperiert, öffentlich handelt. Und was gäbe es Gesellschaftlicheres und Öffentlicheres als die Politik? Ich gründete eine eigene politische Partei und wurde ihr Anführer. Der Schwanz blieb wie er war, aber mir wuchs ein Rüssel. Ich zog mich also aus der Politik zurück.

Traurig, besorgt ging ich wieder in den Zoo, um die ganze Sache noch einmal zu durchdenken. Es war ein Werktag und demnach kamen wenig Besucher. Ich konnte also mit einer verhältnismäßigen Einsamkeit rechnen. Ich stand vor den Käfigen mit den Reptilien. Aber mir sollte keine Ruhe vergönnt sein. Es näherte sich ein Wärter, trat von einem Bein auf das andere, drehte seine Uniformmütze zur Seite, kratzte sich am Kopf und betrachtete mich.

»Gehören Sie hier rein?« fragte er schließlich und dann, indem er auf den Käfig zeigte: »Oder dort?«

»Ich? Ich bin hier nur einen Augenblick, ich kam so gerade vorbei... Danke, ich gehe gleich weiter.«

Und ich verließ den Zoo.

Seit dieser Zeit denke ich, daß Kafka doch irgendwas verheimlicht hat, uns nicht alles erzählt hat. Wenn er sich in einen Wurm verwandelt hat, dann mußte da bei ihm schon irgendwas vorher gewesen sein, irgendwelche Hörner, Fühler, irgendwas Insektenhaftes jedenfalls. Und ich glaube auch nicht, daß er ein kompletter Wurm geworden ist, schließlich war ihm die menschliche Hand geblieben, mit der er alles beschrieben hat. Man kann nicht zu etwas gelangen, wenn man nicht irgendwo angefangen hat, weder in die eine noch in die andere Richtung. Am Anfang gibt es immer was und am Ende auch, egal von welcher Seite her man beginnt oder endet.

Und außerdem sind Krokodile besser erzogen als Menschen. Sie gucken nur und stellen keine Fragen.

Kultur für den Alltag

»Meine Herren!« sagte der Präsident. »Wieder nähert sich der ›Tag der Kultur und der Bildung‹, und was machen Sie? Sie geben täglich Beweise Ihrer Unbildung ab. Man braucht nur in unsere Toilette zu gehen und zu lesen, was Sie an die Wände schreiben. In jedem Wort ein Rechtschreibfehler. Von heute an wird dort ein Wörterbuch der Polnischen Sprache an einer Kette hängen. Wenn jemand nicht weiß, wie sich was schreibt, soll er im Wörterbuch nachsehen.«

Der Präsident hatte recht. Aber bald stellten sich objektive Schwierigkeiten ein. Wir gingen in einer Delegation zum Präsidenten.

»Das Wörterbuch taugt nichts«, sagten wir. »Die Ausdrücke, die wir brauchen, gibt es in dem Wörterbuch nicht. Ganz zu schweigen davon, daß einige asoziale Individuen Blätter aus dem Wörterbuch reißen und sie zu anderen Zwecken verwenden.«

»Wenn das so ist«, sagte darauf der Präsident, »dann darf man eben nicht aus dem Gedächtnis schreiben, sondern sollte die Klassiker der Nationalliteratur zitieren, große Dichter haben wir schließlich in Hülle und Fülle. Wenn also jemanden die Lust ankommt zu schreiben, soll er sich nichts eigenes ausdenken, sondern zitieren. Das ist schön und belehrend, und was das wichtigste ist, die Orthographie ist garantiert richtig. Wir nehmen das Wörterbuch weg und hängen eine Klassikeranthologie hin.«

Das Niveau stieg tatsächlich. Über dem Deckel erschien: »Hab Herz und sieh ins Herz«, auf dem Wasserbecken »Verlebte Gestalten bringt kein Wunder zum Leben zurück«, und ziemlich weit unten an der Tür, so daß man nicht aufstehen mußte, um es zu lesen, stand »Gemeinsam junge Freunde«. Schön und belehrend, wie der Präsident gesagt hatte und die Orthographie, wie es sich gehört. Es riß auch niemand mehr Seiten heraus, da das Papier der Anthologie zu hart war. Es war die Luxusausgabe.

Aber irgendwas fehlte uns. Das selbständige schöpferische Schaffen war geknebelt und wir hatten intellektuell ein Gefühl der Unbefriedigtheit.

Also sammelten wir unter uns, und von dem gesammelten Geld kauften wir eine Anthologie moderner Poesie. Das Papier war in Ordnung, Zitate, wie man sie sich selber gar nicht ausdenken konnte, ein Dichter ist schließlich ein Dichter, also braucht man sich selber nichts mehr auszudenken, und das wichtigste war, daß die Orthographie nicht zu beanstanden war.

Wort und Tat

Nowosądecki, Majer und ich saßen bei einer angefangenen Flasche. Obwohl wir schon die Hälfte ausgetrunken hatten, war es ziemlich langweilig.

»Das kommt daher, weil wir gedankenlos trinken«, sagte Nowosądecki. »Laßt uns ein intellektuelles Problem diskutieren, und Ihr werdet sehen, wie uns das belebt.«

»Das läßt sich machen«, sagte Majer und gähnte. »Was zum Beispiel?«

»Hier, zum Beispiel das Problem dieser Flasche. Ist sie halb voll oder halb leer?«

»Das eine wie das andere. Schließlich sind es ja zwei Hälften, oder? Eine Hälfte ist leer, die andere ist voll und das Problem ist gelöst.«

»Das ist die Flucht in platten Relativismus, eine Flucht vor der Verantwortung. Der Mensch muß wählen, wie Sartre uns beigebracht hat, er muß, obwohl er die freie Wahl hat. Der Zwang der freien Wahl, das ist das existentialistische Paradox.«

»Was soll ich wählen?« fragte Majer.

»Den eigenen Standpunkt oder die Weltsicht. Entweder sehen wir auf die Flasche von oben oder von unten. Wenn von oben, dann sind wir Nihilisten, weil diese Hälfte leer ist. Aber wenn wir dagegen von unten sehen, haben wir ein positives Verhältnis zum Leben.«

»Einen Augenblick«, mischte ich mich in das Gespräch ein. »Und was ist mit dem Hals?«

»Mit was für einem Hals?«

»Mit dem Flaschenhals. Man gießt doch durch den Hals ein, und der Hals gehört zu der leeren Hälfte. Also was, ist der Hals auch nihilistisch?«

»Stimmt, das ist ein neues Problem.«

»Ich schlage vor, daß wir einen Schluck trinken. Dann hört das Problem mit den Hälften auf zu existieren, weil es dann ungleich wird und wir wenigstens die Hälften vergessen können.«

Mein Vorschlag wurde einstimmig angenommen. Und tatsächlich, der Pegel der Flüssigkeit in der Flasche sank deutlich unter die Hälfte.

»Du hast einen Verstand«, lobte mich Majer. »Und ich dachte schon, daß wir aus der Geschichte nie herauskommen.«

»Dafür haben wir jetzt was anderes«, bemerkte Nowosądecki und betrachtete die Flasche. »Nämlich das Problem der Horizontalen und der Vertikalen. Es scheint, sie gehören nicht zu den selben Begriffskategorien.«

»Was für ein Problem?« fragte Majer.

»Einfacher gesagt, das Problem der Senkrechten und der Waagerechten.«

»Du hast recht«, gab Majer zu. »Es ist nicht mehr viel drin.«

»Na eben. Die Waagerechte kann höher oder niedriger sein, aber die Senkrechte bleibt immer dieselbe. Seht nur, die Senkrechte hat sich nicht verändert. Daraus ergibt sich, daß die Waagerechte zur Physik gehört, weil wir sie physisch beeinflussen können, natürlich in Relation zur Senkrechten. Die Vertikale dagegen ist metaphysisch.«

»Und wenn ich sie kippte?« schlug ich vor.

»Die Vertikale? Das ist unmöglich. Das ergibt sich schon aus der Definition selbst.«

»Die Vertikale, das weiß ich nicht, aber ich kann die Flasche kippen.«

»Kipp doch«, unterstützte mich Majer. »Wir werden sehen, was sich daraus ergibt.«

Nachdem ich die Flasche gekippt hatte, stellte sich heraus, daß auch dieses Problem gelöst war. Die Waagerechte verschwand völlig, weil der Boden auftauchte.

»Siehst du, Nowosądecki«, sagte ich. »Nur die Tat zählt. Du denkst dir Sachen aus, diskutierst, aber ich agiere. Wenn ich nicht wäre, würden wir bis jetzt noch diskutieren, aber kein einziges Problem gelöst haben. Hören wir also auf zu diskutieren und beschäftigen wir uns mit Taten.«

»Ja, tun wir was!« rief Majer begeistert aus: »Schenk ein! Auf zur Tat!«

»Zu was für einer Tat, ihr Idioten«, sagte Nowosądecki. »Das war die letzte Flasche.«

Moral

Wir diskutierten über den Zusammenhang zwischen Charaktereigenschaften und den Leistungen, die man auf seinem Lebensweg erzielt.

»Ich zum Beispiel«, sagte der Rat. »Ich habe mir das Rauchen abgewöhnt, um für den Bau eines Einfamilienhauses zu sparen. Und bitte sehr, heute habe ich ein wunderschönes Einfamilienhäuschen mit Garten. Es genügt ein bißchen Willensstärke und Ausdauer.«

»Ich bin mit Ihnen einverstanden«, sagte der Referent. »Aber Sparsamkeit und Selbstüberwindung sind noch nicht alles. Nehmen wir mein Beispiel. Jeden Tag nach der Arbeit stricke ich noch zusätzlich. Nicht so sehr wegen des Geldes, sondern aus Prinzip, weil ich nicht tatenlos leben kann. Und was sagen Sie nun? Nachdem ich einige Zeit gestrickt hatte, wurde dieser schöne Toyota, den Sie vor dem Haus sehen, mein Eigentum. Ich möchte also an die Rolle erinnern, die neben der Enthaltsamkeit, wie der Herr Rat das richtig unterstrichen hat, auf dem Weg zum Erfolg auch der Fleiß spielt.«

»Was mich betrifft«, ließ sich der Präsident vernehmen, »habe ich nie geraucht, also konnte ich mir das leider nicht abgewöhnen. Für Handarbeiten bin ich nicht begabt. Wozu aber gibt es neben den guten Eigenschaften des Charakters die des Herzens? Eines Tages, an einem sonnigen Herbsttag, habe ich auf dem Weg zwei kleine grüne Frösche getroffen. Ich wollte schon gleichgültig an ihnen vorbeigehen, als sie sich mit menschlicher Stimme an mich wandten. »Uns ist kalt, nimm uns mit und wärme uns!« Gerührt von ihrem traurigen Schicksal gab ich ihrer Bitte nach und nahm sie mit in meine bescheidene Hütte, um sie aufzuwärmen. Wie groß war meine Überraschung, als die kleinen grünen Frösche sich verwandelten, der eine in ein Mehrfamilienhaus und der andere in einen Mercedes.«

»Und Sie haben sie immer noch?« schrien der Rat und der Referent.

»Was soll ich denn mit ihnen anfangen? Ich kann sie doch nicht rausschmeißen, nur weil sie ihre Gestalt gewechselt haben. Das wäre unmenschlich.«

»Und Sie, Herr Kollege?« wandte sich der Rat an den Assistenten, der bis jetzt geschwiegen hatte.

»Ich, ich bin ganz gewöhnlich«, sagte der. »Ich betrüge, fälsche ein bißchen, manchmal klau ich was dazu und das läuft dann so.«

»Abscheulich!« schrien wir im Chor. Nach einer Weile fragte der Präsident: »Ja und, was kommt dabei heraus?«

»Nichts. Nur daß ich dem Kind einen Hubschrauber gekauft habe.«

»Einen echten?«

»Sicher. Einen Cobra Super.«

Wir rückten mit Abscheu von ihm ab. Nicht genug damit, daß er stiehlt; er lügt auch noch.

Der Preis des Ruhms

Auf dem karibischen Meer gab es viele berühmte Piraten, aber Kapitän Morgan war der berühmteste. Bis zu der Zeit, als der Ruhm des Kapitän Pedro Canibal seinem Ruhm gleichkam. Und es entstand zwischen ihnen ein Wettkampf um den Titel des berühmtesten Piraten. Derjenige, der tollkühnere, grausamere, unerhörtere Taten beginge, würde den Titel erhalten.

Kapitän Morgan schlich beim Schutz der Nacht zu dem uneingenommenen Fort Santa Rita la Mayor, nahm dessen Kommandanten gefangen und zog sich noch vor Morgengrauen zurück.

Aber Pedro Canibal entführte den Vizekönig um zwölf Uhr mittags und zündete außerdem noch die Stadt an.

Kapitän Morgan enterte den Schoner ›Azucena‹ und hängte die ganze Mannschaft auf. Aber Pedro Canibal köpfte nicht nur die ganze Mannschaft der Fregatte ›Margarita‹, sondern stopfte auch noch ihr Maskottchen, ihren Lieblingspapagei, mit Pulver voll, zündete ihn an und ließ ihn aus dem Käfig. Der Papagei explodierte im Fluge, als ihm schien, daß er der Gefahr entkommen sei. Kapitän Morgan erlaubte nicht für lange, daß sein Rivale ihn überflügelte. Er vergewaltigte persönlich den Erzbischof von Toledo, der gerade die überseeischen Missionen besuchte. Aber Pedro Canibal briet und aß den Sekretär des

Erzbischofs, den er vorher auch noch lebendig im Gift einer Klapperschlange nach einem Rezept der Menschenfresser aus Amazonien mariniert hatte. Die Bewunderung der öffentlichen Meinung verteilte sich gleichmäßig auf beide, und bis jetzt war es keinem gelungen, den anderen zu überbieten.

Da verbreitete sich die Nachricht, daß eine Galeone mit sieben Masten nach Europa fahren sollte, beladen mit zehn Millionen Goldstücken und neunundneunzig minderjährigen Jungfrauen, den Töchtern der edelsten Geschlechter, bestimmt für die besten Klöster in Spanien. Beide Kapitäne beeilten sich gleichzeitig, eine so ungewöhnlich kostbare Beute zu fangen. Jeder wollte dem anderen zuvorkommen und ein für alle Mal den Wettkampf um den Titel des berühmtesten Piraten zu seinen Gunsten entscheiden.

Als Pedro Canibal auf das Decke der Galeone trat, triumphierte er. Obwohl er auf widrige Winde gestoßen war, hatte er nirgendwo Morgan gesehen, das Gold fand er an Ort und Stelle und die Jungfrauen schienen unberührt. Aber als er sie zu zählen begann, stellte sich heraus, daß ein Dukate und ein Mädchen fehlten. Und auf der Tür der Kapitänskajüte fand er einen Zettel, der mit einem Dolch angeheftet war: DER REST IST FÜR SIE.

Pedro Canibal hat diese Schande nicht überlebt. Trotz seines vulgären Namens war er ein Ehrenmann. Kapitän Morgan aber blieb der berühmteste Pirat, obwohl er nur ein Stück Gold und nur eine Jungfrau – über die übrigens sehr verschieden geredet wurde – gewonnen hatte.

Organisatoren

Eines Tages kamen zwei unbekannte Herren zum Präsidenten und legten ihm folgende Sache dar: »Wir sind Delegierte des Nationalmuseums. Wir möchten eine Ausstellung mit dem Thema ›Der Herr Präsident in Arbeit und Kampf‹ organisieren. Im Zusammenhang damit sammeln wir Materialien. Es geht uns um Ausstellungsstücke des Herrn Präsidenten im täglichen Leben. Verschiedene Kleinigkeiten des Herrn Präsidenten. Wir wären Ihnen dankbar, wenn Sie uns zum Beispiel einen Kugelschreiber geben könnten oder etwas ...«

Der Präsident gab ihnen seinen Kugelschreiber und einen Schnürsenkel. Die Herren dankten ihm im Namen der Öffentlichkeit und gingen. Aber am nächsten Tag kamen sie wieder.

»Es besteht das Projekt«, sagten sie, »die Ausstellung in ein ständiges Museum umzuwandeln. Die Nachkommen müssen wissen, wie unser Präsident lebte und arbeitete. Sie verstehen, zum Beispiel von Kościuszko ist seine Kappe und Bauernrock geblieben. Das gibt ein lebendiges Bild von der Epoche. Wenn uns also der Herr Präsident irgendeinen Mantel – er kann gebraucht sein – geben könnte, ein Hut wäre auch nicht schlecht. Wir stellen ihn in einer Vitrine aus.«

Der Präsident gab ihnen einen kaum getragenen Wintermantel und ein Paar braune Halbschuhe. Die Herren bedankten sich im Namen des Museums und gingen. Nach ein paar Tagen aber kamen sie wieder.

»Das Museum vergrößert sich«, sagten sie. »Wir wollen eine besondere Abteilung mit dem Thema ›Der Herr Präsident im täglichen Leben der Stadt‹ eröffnen. Im Zusammenhang damit haben wir die Absicht, den Herrn Präsidenten in natürlicher Größe aus Wachs auszustellen, wie Sie fünfhundert Złoty bei der Post wechseln. Uns wäre sehr an einer authentischen Banknote gelegen, die dem Herrn Präsidenten gehört. Es geht uns um eine wirklich weitgehende historische Treue der Ausstellungsstücke. Ein Lokal haben wir schon.«

Sie bekamen vom Präsidenten fünfhundert Złoty und gingen.

Abends trafen wir uns am Büffet. Wir sahen uns um, und da bestellten die beiden Herren aus dem Museum einen halben Liter und einen Viertelliter als Vorspeise. Einer im Wintermantel des Präsidenten, der andere in seinen braunen Halbschuhen.

Aber der Kugelschreiber war tatsächlich schon in der Vitrine. Im Devisengeschäft am Markt. Und ein Lokal hatten sie auch. Zwar nur der dritten Kategorie, aber dafür sonntags und werktags geöffnet.

Nur die Politik

Als Cäsar Pompeius im Bürgerkrieg besiegt hatte, verkündete er eine Amnestie für alle seine Gegner in Rom. Das war ein Vorgehen, das ebenso von politischer Vernunft wie auch von seiner Großherzigkeit diktiert war. Wenn er mit den Barbaren kämpfte, zögerte er nicht, die grausamsten Mittel anzuwenden, wenn er sie für notwendig hielt, aber im Verhältnis zu seinen inneren Feinden wandte er oft die Methode des Verzeihens an. Er erinnerte sich aus der Zeit seiner frühen politischen Karriere, wie unbarmherzig Sulla seine besiegten Stammesverwandten verfolgt hatte und zog es vor, nicht in seine Fußstapfen zu treten. So verzieh er nicht nur allen, die gegen ihn waren, sondern einigen vertraute er sogar hohe Posten in der neuen Regierung an. Unter ihnen gehörten sowohl Gaius Cassius Longinus wie der Republikaner Brutus vorher zu seinen erbittertsten Feinden.

Was nicht heißt, daß von den sechzig Messern, die Cäsar während der Senatssitzung durchbohrten, alle seinen früheren Opponenten und jetzigen Mitarbeitern gehörten. Unter den Verschwörern gab es auch solche Politiker, die ihm vorher stets treu gewesen waren, jetzt aber aus politischen Gründen ihre Meinung geändert hatten. Trotzdem verwunderte Cäsar am meisten der Dolch, der Brutus gehörte. Vielleicht deshalb, weil er diesem Menschen besonderes Vertrauen entgegengebracht hatte. Er hatte ihm nicht nur verziehen, ihm nicht nur eine große Chance gegeben, sondern er liebte ihn auch persönlich sehr. Einige behaupteten sogar, daß Brutus sein unehelicher Sohn war.

»Auch du, Brutus, gegen mich?« konnte er gerade noch mit einer Stimme fragen, in der ebensoviel Trauer wie Verwunderung lag.

»Aber woher denn? Das ist nur die Politik, das sind keinerlei persönliche Gründe«, erklärte Brutus und stach nochmals mit dem Messer zu. »Ich habe persönlich nichts gegen dich, Papa.«

»Dann entschuldige, ich wollte dich nicht verletzen«, sagte Cäsar und starb.

Der Kampf mit der Hitze

Am Ende eines Winters rief uns der Präsident zu einer Beratung.

»Meine Herren!« eröffnete er die Sitzung. »Ich dachte, daß es dazu nicht kommen würde, aber alles weist darauf hin, daß der Sommer wieder näher kommt. Wir müssen uns mobilisieren. Es geht nämlich um Sodawasser.«

Der Referent bat darum, der Präsident möge dies präzisieren.

»Bitte, gern«, erklärte sich der Präsident einverstanden. »Wir wissen alle selbstkritisch, daß unser Unternehmen im vorigen Jahr wie auch in den letzten Jahren nicht in der Lage war, eine entsprechende Menge von Sodawasser für die Befriedigung der menschlichen Bedürfnise, die im Sozialismus gewachsen sind, zu produzieren. In diesem Jahr darf sich das nicht wiederholen.«

»Warum nicht?« fragte der Praktikant von der Seite, aber wir sahen ihn an, er wurde rot und verstummte.

»Gibt es irgendwelche Vorschläge?«

»Die Hitze liquidieren«, schlug der Referent vor.

»Ich würde eher einen Appell an die Gesellschaft richten, in der Zeit der Hitzewelle kein Sodawasser zu trinken. Sowie es Juli und August wird, stürzen sich sofort unverantwortliche Elemente auf das Sodawasser. Ausgerechnet dann, wenn ein Mangel herrscht! Das ist nicht sozial gedacht, das riecht sogar nach Sabotage!« empörte sich der Buchhalter.

»Meine Herren, das trifft nicht den Kern«, erklärte der Präsident. »Was ist denn – Sodawasser? Das ist Wasser plus Kohlensäure. Wasser haben wir in unserem Heimatland im Überfluß, die Schwierigkeit liegt bei der Kohlensäure. Wenn es uns gelänge, rechtzeitig entsprechende Reserven von Kohlensäure vorzubereiten, würde es genügen, sie zur entsprechenden Zeit in das Wasser zu schütten, und das ganze Land hätte zu trinken.«

»Ein genialer Gedanke!« rief der Buchhalter. »Nur, wird Kohlensäure nicht schlecht? Wenn wir verdorbene Kohlensäure auf den Markt bringen, werden wir dafür die volle Verantwortung tragen.«

»Ein richtiger Einwand«, lobte der Präsident. »Aber wozu haben wir Kader? Wir müssen schon jetzt entsprechende Kader aufbauen. Meine Herren, wir erweitern den Betrieb! Es wird neue Etats geben, Rentenzulagen und Prämien für Ihre Bereitwilligkeit. Ich fordere Sie als treue Söhne der Institution auf, sich auf die neuen Stellen zu bewerben. Alle Kräfte an die Front des Kampfes um Sodawasser! Ich warne im voraus, das werden Schlachtstellungen sein.«

Es herrschte große Begeisterung. Einstimmig wählten wir den Präsidenten zum Führer der Sturmabteilung. Der Buchhalter wurde Quartiermeister, der Referent übernahm die Nachhut, und ich wurde der Leiter des Feldlazaretts. Dann holten wir uns den Vorschuß.

Nun mußten wir nur dem Unternehmen einen neuen Namen geben. Der bisherige STAATLICHE SODAWASSER-

FABRIK entsprach nicht mehr den neuen Aufgaben. Ich schlug den Namen POLSODA in Gedanken an den Export vor. Aber wir einigten uns alle auf CENTROSODA in Hinsicht auf die gigantischen Ausmaße des Unternehmens.

Das ganze Projekt beschrieben wir detailliert und schickten es nach oben zur Bestätigung. Während wir auf die Antwort warteten, vergeudeten wir keine Zeit. Wir erarbeiteten Normen für die Kohlensäureanreicherung und vor allen Dingen Reklamesprüche für die Gesellschaft. »Euer Wasser – unser Soda – und der Sommer wird ein froher.« »Centrosoda für euch all – gleich beim ersten Sonnenstrahl.« Und noch einige andere.

Leider kam von ganz oben eine abschlägige Antwort. Die Schwerindustrie hat Vorrang vor der Leichtindustrie, so lautete die Begründung der Absage.

Schwierig, dem nicht zuzustimmen. Wieviel mögen solche Wasserdosen wiegen? Nicht sehr viel.

Aber wir lassen uns nicht so schnell entmutigen. Wir warfen uns sofort auf die Produktion von Kühlschrot. Zehn Deka soliden Schrots aus Blei auf ein Glas Wasser. Schließlich kühlt Wasser mit Schrot auch.

Ferien

Wir fuhren in die Ferien, aufs Land. Eine schön gelegene Ortschaft nah am Fluß. Die Schwiegertochter kochte, die Kinder bekamen frische Luft, ich ging angeln. Es war angenehm, billig und gesund.

Einmal saß ich so mit meiner Angel auf der Brücke, die Sonne schien, der Fluß rauschte, ich war wohl eingeschlafen. Ich öffnete die Augen, und da sah mich Josef Stalin an. Eine Sinnestäuschung, dachte ich, ich rieb mir die Augen, aber nein, er sieht mich ganz deutlich an. Er guckte genau auf mich, aus der durchsichtigen Tiefe. Und ich wurde ohnmächtig, weil ich herzkrank bin.

Ich wachte im Bett auf, rings um mich die Familie, sie freuten sich, daß ich lebte. Es stellte sich heraus, daß mein Sohn, als ich am Abend nicht zurückkehrte, mich suchen gegangen war und mich auf der Brücke gefunden hatte.

Ich lag ein paar Tage im Bett, und als ich wieder aufstand, saß ich nur im Obstgarten oder auf der Bank vor dem Haus, spielte mit den Enkeln, aber angeln ging ich nicht mehr. Von meiner Sinnestäuschung erzählte ich niemandem. Wozu auch? Damit sie glauben, ich hätte nicht alle Tassen im Schrank?

Manchmal setzte sich unser Hauswirt zu mir – auch ein älterer Mann. Wir plauderten über dies und jenes. Oft über das Wetter, wie das eben auf dem Lande so ist. Einmal sah er in den Himmel, die Sonne ging gerade unter, und sagte: »Morgen wird es wieder heiß. Es ist trocken und der Wasserspiegel im Fluß ist gesunken, die beste Zeit für Krebse. Morgen gehen wir nach dem Abendessen, am besten zum Marschall, da beißen sie am besten an.«

»Zu welchem Marschall?«

»Zu Stalin, er liegt unter der Brücke.«

»Das ist nicht möglich«, sagte ich vorsichtig, denn bei Verrückten muß man aufpassen. »Ich habe da oft geangelt, aber nie einen Stalin gesehen.«

»Weil man ihn normalerweise nicht sehen kann, nur wenn das Wasser fällt.«

»Und wie ist er da hingekommen?«

»Sie haben ihn zum Revolutionsmuseum gefahren, über die Brücke und da haben sie ihn runtergeworfen.«

»Wer?«

»Irgendwelche Lastwagenfahrer. Mit einem Kran, denn der wiegt mindestens drei Tonnen. Wahrscheinlich hatten sie keine Lust mehr weiterzufahren.«

»Zum Museum, sagen Sie? Zu was für einem Museum denn?«

»Sehen Sie nie fern? Aus dem ganzen Land bringen sie diese Denkmäler zu einem Ort auf einen Haufen.«

»Und wozu das?«

»Ich weiß nicht, aber sie haben gesagt, das sei zum Andenken. Kommen Sie mit mir mit?«

Ich bin nicht mitgegangen. Mein Sohn und die Enkel gingen mit. Sie sind jung, sie können das. Krebse fingen sie in Unmengen. Danach gab es Krebssuppe, aber ich habe nichts gegessen.

Beschluß

Betrifft: Schneeräumung.

Wir, die Unterzeichnenden haben gemeinsam mit dem Präsidenten auf einer außerordentlichen Versammlung, die der Schneeverwehung unseres Städtchens gewidmet war, folgende Anträge beschlossen:

Erster Antrag: Bis auf Widerruf nicht mehr geistig zu arbeiten, mit dem Ziel, die gesamte Intelligenzija in den Kampf gegen den Schnee einzubeziehen.

Zweiter Antrag: Eine breite Aktion durchzuführen, die besonders unter den Jugendlichen die Schädlichkeit des Schneefalls bewußt macht.

Dritter Antrag: Die Texte der Lieder und Gedichte, die auf unverantwortliche und schädliche Weise den Schneefall verherrlichen, zu revidieren. Insbesondere betrifft das folgende Werke: »Die flaumige Schleppe des Schnees entfaltete ihren Zauber« sowie »Falle, Schneeflöckchen, falle.«

Vierter Antrag: Sich entschieden den rückständigen Tendenzen zu widersetzen, den Schnee mit Hilfe von Spaten zu beseitigen, weil das ein Erbe des Feudalismus ist und als solches uns weltanschaulich nicht mehr entspricht, außerdem verlangt es den Bürgern Anstrengungen ab. Statt dessen bitten wir um die Zuteilung 1 (in Worten: eines) Eskimos als Instruktor für die Schneeprobleme.

Der Unterhalt, die Reinigung seines Pelzes sowie Schnee sichern wir dem Eskimo an Ort und Stelle zu. Da wir uns der Schwierigkeiten mit den Devisen bewußt sind, schlagen wir vor, daß der erwähnte Eskimo im Rahmen des devisenlosen Austauschs mit dem Ausland zu uns geschickt wird. Anstelle des Eskimos verpflichtet sich unser Präsident, ins Ausland zu fahren, in die Eskimoländer oder auch in andere.

Fünfter Antrag: Jeder der Arbeiter verpflichtet sich, ein entsprechendes Loch in die Fensterscheibe zu hauchen, um aufzupassen, ob der Eskimo schon im Anzug ist.

Sechster Antrag: Der vorliegende Beschluß wird unverzüglich nach dem ersten Tauwetter, wenn der Schnee schon ein wenig schmilzt und man die Tür zum Konferenzsaal wird öffnen können, die bis jetzt von außen vom Schnee verschüttet ist, an die übergeordneten Stellen verschickt.

(Unterschriften unleserlich).

Beratungen

»Man sollte eine Partei gründen«, sagte Mayer.

»Es gibt ja schon einige«, bemerkte Nowosądecki.

»Natürlich, es gibt Parteien, aber sie sind nicht für die Gemeinschaft verantwortlich. So eine verantwortungsbewußte, wie wir sie gründen werden, hat es noch nie gegeben.«

»Und was habe ich davon?« interessierte sich Nowosądecki.

»Aufopferung für das Vaterland«, erklärte ihm Mayer.

»Aber ich opfere mich doch auf!« empörte sich Nowosądecki und schenkte sich wieder ein. »In der Ausnüchterungszelle haben sie mir gesagt, daß ich, wenn ich so weitermache, nolens volens bekomme.«

»Delirium tremens«, korrigierte ich Nowosądecki.

»Egal, auf jeden Fall was Lateinisches.«

»Ich denke da an eine übergeordnete Aufopferung«, erklärte Mayer. »Das heißt...«

»Und was mache ich, ich nehme von unten her Einfluß?« unterbrach ihn Nowosądecki.

»Ohne Bummelantentum«, sagte ich zu Nowosądecki und steckte ihn unter den Tisch. »Davon ist die Republik kaputtgegangen, Mayer hat das Wort.«

»Übergeordnete Aufopferung, das heißt, daß wir die Vorgesetzten sein werden, und das macht sich immer bezahlt. Erinnert ihr euch, wie sich Cyrankiewicz aufgeopfert hat?«

»Wo sind die Zeiten hin«, seufzte Nowosądecki unter dem Tisch.

»Kein schlechter Gedanke«, sagte ich zu Mayer. »Aber nicht neu. Nowosądecki hat recht, es gibt eine Unmenge von Parteien.«

»Aber keine ist eine Massenpartei. Wir sind drei, das heißt eine verhältnismäßige Masse.«

»Und was ist mit dem Programm? Ohne Programm kommst du keinen Schritt voran.«

»Ich habe ein Programm der Polnischen Modeschau. Das haben sie mir gegeben, als ich für sie Pakete ausgetragen habe«, ließ sich Nowosądecki unter dem Tisch vernehmen. »Ich habe es zu Hause gelassen, aber ich kann es herbringen. Nur heute nicht mehr.«

»Es geht nicht um ein Programm der polnischen Mode, sondern um ein Programm polnischer Reformen«, klärte ich Nowosądecki auf, wobei ich die Tischdecke ein wenig anhob, um besser mit ihm kommunizieren zu können. »Ohne Reformprogramm haben wir keine Chance, jede Partei hat irgendeins.«

»Dann frage ich die reformierten Pfarrer, ich wohne nicht weit entfernt von denen.«

»Ein Kissinger ist er nicht«, sagte ich zu Mayer und ließ die Tischdecke wieder runter. »Aber um zum Thema zurückzukommen, was denkst du zum Beispiel über die Landwirtschaft?«

»Nichts dagegen, mich stört sie nicht.«

»Und die Schwerindustrie?«

»Wenn sie zu schwer wird, muß man sie leichter machen.«

»Was ist dann mit der Leichtindustrie?«

»Ganz einfach, die leichte muß ein bißchen schwerer werden und die schwere ein bißchen leichter.«

»Bildung? Aufklärung?«

»So klar wie möglich soll sie leuchten, Hauptsache, du knipst beim Weggehen den Schalter aus. Und nicht lesen, schade um den Strom.«

»Und die Armee? Was hast du für ein Verhältnis zur Armee?«

»Habe ich hinter mir.«

»Sehr gut«, urteilte ich. »Fachmännisch, sachlich und was das wichtigste ist, du kannst mit Popularität rechnen. Aber das genügt nicht; um uns durchzusetzen, müssen wir etwas Radikales vorschlagen. – Nowosądecki, keine Bewegung, sonst scheiß ich dich zusammen.«

»Ich bewege mich nicht, ich kratze mich nur.«

»Du wackelst mit dem Tisch.«

»Es juckt aber.«

»Aber hier kippt das Glas um.«

»Das ist was anderes«, beruhigte sich Nowosądecki.

»Habe ich es nicht gesagt?« sagte Mayer. »Wir werden die Partei sein, die für die Gesamtheit verantwortlich ist. – Nowosądecki gibt uns ein erhabenes Beispiel, er bewegt sich nicht, obwohl er leidet. Keinerlei Radikalismus.«

»Zentrum?«

»Selbstverständlich auch Zentrum, aber wir müssen uns die Linke und die Rechte auch einverleiben. Es geht um die nationale Einheit.«

»Wer wird im Zentrum stehen?«

»Ich natürlich. Nowosądecki kann die Linke darstellen.«

»Ich stoße den Tisch um!« verwarnte uns Nowosądecki vom Fußboden her.

»Dann wirst du die Linke sein und Nowosądecki nimmt die Rechte«, wandte sich Mayer an mich.

»Ich laß Nowosądecki gleich hoch«, warnte ich Mayer.

»Könntest du mich nicht kratzen?« fragte mich Nowosądecki von unten. »Es juckt wie die Pest.«

»Wenn du nicht die Linke nimmst, kann von Kratzen keine Rede sein«, entgegnete ich. »Entweder die Linke oder es juckt, wähle!«

»Kratze ihn ein bißchen, danach kann er darüber nachdenken«, sagte Mayer. »Man kann nicht zu viel von einem Menschen verlangen.«

»Eben!« rief Nowosądecki. »Ich muß endlich was trinken!«

»Halt ihn fest!« schrie Mayer, aber es war schon zu spät. Nowosądecki hatte einen so gewaltigen Durstanfall, daß er im Kampf mit mir den Tisch umstieß, und alles ergoß sich über ihn, bevor irgendwas zu machen war. Wir lutschten bis zum frühen Morgen an der Tischdecke, aber das ist nicht dasselbe.

Unser Fehler war, daß wir ihn zu lange auf dem Trockenen hatten sitzen lassen. Die Linke ist die Linke, die Rechte die Rechte, aber am wichtigsten sind die Menschenrechte.

Ohne die lassen sie uns nicht nach Europa.

Das neue Leben

Ich beschloß, ein neues Leben zu beginnen. Entschieden und unwiderruflich. Blieb nur die Frage: Ab wann?

Die Antwort ließ keine Zweifel offen: Ab morgen.

Als ich am nächsten Tag aufwachte, stellte ich fest, daß ja wieder heute ist, genauso wie gestern. Da ich mein neues Leben morgen beginnen wollte, konnte ich heute kein neues Leben anfangen.

›Noch ist nichts verloren‹, dachte ich mir. ›Morgen wird ebenfalls morgen sein.‹

Und ich verlebte den Tag ruhig, wie immer auf die alte Weise. Nicht nur ohne Gewissensbisse, sondern voller guter Gedanken und gesteigerter Hoffnungen.

Aber was sollte ich machen, als am nächsten Tag wieder heute war, ähnlich wie gestern und vorgestern?

›Das ist nicht meine Schuld‹, dachte ich, ›daß irgendein Teufel immer das Morgen in heute verwandelt. Mein Beschluß ist einwandfrei, unwiderruflich. Versuchen wir es noch einmal, vielleicht wird der Teufel müde, und morgen wird endlich morgen sein.‹

Leider war es nicht so. Immer nur heute und heute. Schließlich verlor ich die Hoffnung. ›Dieses Morgen wird nie kommen›, dachte ich. ›Angesichts dessen könnte man das neue Leben nicht von morgen an, sondern von heute an beginnen.‹

Ich durchschaute aber sofort die Absurdität dieses Gedankens. Denn wenn sich dieses Heute unveränderlich schon seit ewigen Zeiten wiederholt, dann ist das schon sehr alt, und jedes Leben heute muß auch alt sein. Ein neues Leben ist ein neues Leben, möglich ist es nur von neuem, also von morgen an, wenn es ein wirklich neues Leben sein soll.

Und ich ging mit dem ganz starken Vorsatz schlafen, daß ich von morgen an ein neues Leben beginne. Denn trotz allem gibt es doch immer irgendein Morgen.

Verlagsaktivität

Wir trafen Mayer.

»Was gibt es Neues?« fragte er.

»Was hast du, einen Schnupfen?« wunderte ich mich.

»Nein, warum?«

»Weil du so komisch redest.«

»Wieso komisch?«

»Du sagst ›y‹ statt ›i‹.«

»Das ist gar nicht komisch, sondern spanisch, ›i‹ auf spanisch ist ›y‹.«

»Wirklich?«

»Du kannst ja im Lexikon nachsehen.«

Wir verabschiedeten uns und gingen unserer Wege.

»Ich wußte nicht, daß Mayer spanisch kann«, sagte ich zu Nowosądecki.

»Kann ich auch.«

»Du? Seit wann!«

»Seit heute. Er hat spanisch geredet, und ich habe alles verstanden.«

Ich überlegte. »Ich ja eigentlich auch«, sagte ich.

»Na siehst du? Er dachte, er würde uns imponieren.«

Mayer und ich machten uns gemeinsam an die Übersetzung von General Francos Tagebüchern. Wir hatten schon einen Vorschuß bekommen.

Man weiß oft selbst nicht, wie begabt man ist.

Der Gesundheitscomputer

Entsprechend dem Rat meines Arztes kaufte ich mir einen Handgesundheitscomputer. Man brauchte sich nur an ihn anzuschließen und einige Knöpfe zu drücken, und schon kam aus dem Computer eine Karte mit der laufenden Beurteilung des Gesundheitszustandes heraus.

Ich trug den Computer nach Hause, schloß mich an und drückte. Aus dem Computer kam eine Karte: »Was macht dieser Hampelmann immer noch hier?«

Ich vermutete, daß es sich bei dem Hampelmann um mich handelte, aber mir gefiel die Form nicht, in der sich der Computer an mich wandte. Ich trug ihn ins Geschäft zurück.

»Haben Sie keinen, der ein bißchen besser erzogen ist?« fragte ich den Verkäufer.

»Sie dürfen sich nicht wundern, das ist ein sehr sensibles Gerät. Es ist nichts Erstaunliches, daß es auf hoffnungslose Fälle mit Netzüberlastung reagiert.«

»Ist mir egal, ich mag es nicht, wenn man mich beleidigt.«

Aber alles, was ich erreichte, war, daß der Computer ironisch wurde. Die nächste Karte lautete: »Und da fragt Er noch?«

Ich bat um eine Regulierung und reklamierte beim Verkäufer.

»Mehr geht nicht, ich habe die Schraube bis zum Anschlag gedreht.«

»Und wenn man noch so ein bißchen mit dem Hammer...«

»Ich will es versuchen.«

Das aber bewirkte nur, daß der Computer, anstatt mir Auskünfte über meine Gesundheit zu geben, zu drohen anfing: »Du willst mit dem Hammer auf mich los, du Leichnam?«

Ich gab den Computer zurück und kaufte mir einen Spiegel. Billig und einfach zu bedienen. Er sagt mir immer, ob ich blaß bin oder eine gesunde Farbe habe. Und vor allem: Er tritt mir nie zu nahe.

Sparsamkeit

Der Präsident empfahl uns zu sparen, und um mit gutem Beispiel voranzugehen, schob er den zweiten Sessel aus seinem Arbeitszimmer. »Nichts zu machen«, sagte er. »Ich muß mit der Sekretärin auf einem Sessel Platz finden. Es wird eng für uns werden, aber wir sparen ein Möbelstück, das Holz ist jetzt so teuer. Was seht ihr für Reserven?«

Wir berieten und berieten uns... Reserven sahen wir keine. Jeder will leben.

Schließlich analysierten wir den Boten. Man könnte den, der da ist, auswechseln und an seiner Stelle einen einbeinigen Invaliden einstellen. Allein an den Beinen ergäbe sich eine Einsparung für das Unternehmen von fünfzig Prozent.

Leider gab es in unserer Ortschaft keinen Einbeinigen. Ohne Zähne, ohne Blinddarm, bitte sehr, aber einen Einbeinigen nicht mal auf ärztliches Attest. Unsere Gesellschaft ist zweibeinig, und manche laufen sogar auf vier Beinen. Total genommen ist die Anzahl der Beine eine gerade Zahl.

Wir fragten im Krankenhaus nach, aber es war keine Amputation vorgesehen, trotz der fortschreitenden Motorisierung.

Wir gaben eine Anzeige in der Zeitung auf: »Bote gesucht, für sofort. Verlangt wird ein Bein und die mündliche Kenntnis der polnischen Sprache.« Es meldete sich ein Einheimischer, der hatte zwar ein Bein, aber war stumm.

Also gaben wir eine Anzeige in der Kreiszeitung auf. Da meldeten sich zwei, jeder mit einem Bein. Wir nahmen den, der das kürzere Bein hatte. Wenn schon sparsam, dann ganz sparsam.

Der sitzt jetzt in der Portierloge und trinkt Tee. Und wenn wir was in der Stadt zu erledigen haben, geht jeder selber los und erledigt das allein. Wie sollte es anders gehen? Einen Krüppel quälen?!

Vor allem, da man unterwegs mal auf ein Bier einkehren kann.

Der Wilde

Die Bauern fingen im Dickicht einen Wilden. Er war fast nackt und ernährte sich von Wurzeln. Es stellte sich heraus, daß er nichts vom Niedergang der kommunistischen Macht wußte, vor der er sich einst in das Dickicht geflüchtet hatte.

»Und was für eine Macht herrscht heute?« fragte er den Bauern.

Der Bauer kratzte sich am Kopf.

»Na… na einfach irgendwie so…«

»Man sagt, es sei eine demokratische«, sagte ein anderer, der gebildeter war. »Kommen Sie heraus?«

»Ich komme gleich, gebt mir nur was zum Anziehen.«

»Ach was, nicht nötig. Das ganze Volk rennt halbnackt herum, da werden Sie nicht auffallen.«

»Und nehmen Sie ein paar Wurzeln mit, die kann man immer brauchen.«

»Na, dann komme ich gleich. Ich gehe in die Hauptstadt und sehe mich mal um, was und wie. Vielleicht werde ich sogar Präsident, wenn das nötig wäre.«

Und er zog los, die Bauern aber machten sich an die Arbeit. Es verging gar nicht viel Zeit, als einer von ihnen, der gegen die Sonne zum Weg sah und sich die Hand vor die Augen hielt, sagte: »Es scheint, er kommt zurück.«

Tatsächlich, das war der Wilde, der auf sie zukam.

»Haben Sie was vergessen?« fragten sie ihn.

»Nein.«

»Warum sind Sie dann zurückgekommen? Gefällt Ihnen die neue Regierung nicht?«

»Doch, sie ist sogar ganz hübsch, nur wissen Sie, ich habe mich schon so an mein Dickicht gewöhnt, daß ich es vorziehe, im Dickicht zu leben. Aber wo ist das Dickicht denn geblieben?«

»Das ist nicht mehr da, wir haben es abgeholzt.«

»Ja, wo soll ich denn jetzt hin?«

Ein Bauer empfand Mitleid mit dem Wilden.

»Ich habe eine unbenutzte Kammer, die kann man mit Stroh auslegen, und Sie können da abwarten.«

Der Wilde dankte ihm und wohnte in der Kammer des Bauern. Ohne Komfort, aber wenigstens mit einem Dach über dem Kopf, sogar besser als Dickicht.

Und nun wartet er wieder, aber diesmal weiß er selber nicht, worauf.

Pünktlichkeit

»Meine Herren!« sagte der Präsident. »Wir sind unpünktlich, das muß aufhören. Was sind Ihre Vorschläge?«

Wir beriefen eine Versammlung ein betreffs dieser Vorschläge und faßten den Beschluß, eine Versammlung einzuberufen betreffs des Kampfes gegen die Unpünktlichkeit.

Wir beriefen eine Versammlung ein betreffs des Kampfes gegen die Unpünktlichkeit und faßten den Beschluß, uns nicht mehr zu verspäten.

Im Saal herrschte eine begeisterte Atmosphäre.

»Sich nicht zu verspäten, das ist zu wenig!« rief der Referent. »Ich nehme es auf mich, schon eine viertel Stunde vor acht Uhr ins Büro zu kommen!«

Rauschender Beifall belohnte ihn. Aber schon stand der Buchhalter auf und verkündete: »Wir sind stolz auf die echt bürogemäße Haltung des Kollegen Referenten. Aber können wir nicht mehr leisten? Verpflichten wir uns, daß wir um sieben Uhr fünfzehn kommen, so wahr mir Gott helfe!«

Der Referent wollte ihm Kontra geben, schaffte es aber nicht rechtzeitig, weil der Kassierer sie beide mit sechs Uhr Null überbot.

Ich ließ mich hinreißen. Soll ich schlechter als sie sein? Ich stand auf und schoß gleich mit fünf Uhr und ein paar

Minuten heraus. Ich dachte schon, ich hätte es geschafft, als der Referent wieder aufsprang und mit einer Zeit vor fünf Uhr überbot. Das half ihm aber nicht viel, weil der Buchhalter nicht zurückstehen wollte und ihn um fünf Minuten überbot. Den Buchhalter aber knüppelte der Lagerverwalter nieder, was soll es, er verlor gegen den Revisor. Schließlich gewann der Versorgungsleiter, er schlug alle mit vier Uhr und nahm den Poule. Der Applaus wollte nicht enden.

»Meine Herren!« sagte der Präsident mit Tränen in den Augen. »Ihr Eifer übersteigt alle meine Erwartungen. Jetzt müssen wir das nur in einen organisatorischen Rahmen einfügen. Legen wir fest, ab wann wir damit beginnen.«

Wir beschlossen, daß wir damit am siebten des laufenden Monats anfangen. Dann sangen wir: ›Nie verlassen wir unsere Heimat‹ und gingen nach Hause.

Der entscheidende Tag näherte sich, die Stimmung war konzentriert und ernst. Am sechsten machten wir blau und arbeiteten nicht, um vor dem siebten auszuschlafen.

Leider stellte sich heraus, daß der siebte ausgerechnet auf einen Sonntag fiel.

Exorzismen

Der gottlose Kommunismus ist zu Ende, und unsere Gemeinde erhielt ihr Vermögen zurück. Das war ein gemauertes einstöckiges Haus, irgendwann von den Spendengeldern der Bevölkerung erbaut. Ein Versammlungsraum war darin und zahlreiche andere Räume, die verschiedensten Gemeindeveranstaltungen fanden hier statt. Aber dann nahm die Partei der Gemeinde das Gebäude weg und veranstaltete dort Sitzungen ihres Parteikomitees. Jetzt sollte dieses Haus wieder ein Gemeindehaus werden.

Vorher mußte es aber mit Weihwasser besprengt werden, um es von den kommunistischen Miasmen zu reinigen. Der Bischof, speziell für diese Feierlichkeit hergekommen, sprengte höchstpersönlich. Schon nach den ersten Spritzern quietschte was unter dem Boden, der dialektische Materialismus entwich durch ein kleines Loch, flog durch das Fenster in den Garten und versteckte sich im Gebüsch. Danach floh Dzierzynski, der sich im Ofen versteckt hatte, durch den Kamin und über das Dach in den Wald.

»Gießt doch mit dem Eimer«, schrie jemand aus der Menge, offensichtlich ein schlechter Katholik, da er nicht wußte, daß man nur ein paar Tropfen benutzen darf, und noch viel weniger Feuerwehrschläuche, selbst wenn sie im Geräteschuppen vorhanden waren und es mit ihrer Hilfe bedeutend schneller gegangen wäre.

Nach Dzierzynski kamen nur kleinere Scheußlichkeiten, gewisse Bieruts und Gotwalds stoben aus den Ecken, aber das waren so viele, daß das Weihwasser ausging und wir einen Pferdewasserwagen in die Nachbargemeinde schicken mußten. Es erschien kein weiteres Gespenst mehr, so daß der Bischof beunruhigt war.

»Sie müssen hier irgendwo sein, gehen wir in den Keller.«

Da hörte man einen Schrei: »Nicht spritzen! Ich komme gleich heraus!«

Und in der Tür stand Engels, mit einem weißen Tuch an einem Stock.

»Ich ergebe mich«, sagte er.

»Na gut«, sagte darauf der Bischof. »Aber wo bleibt Marx?«

Noch bevor Engels irgendwas antworten konnte, erzitterten die Mauern und der Kalk rieselte von der Decke. Die Leute stürzten zum Ausgang, aber einen Augenblick später fiel das ganze Gebäude zusammen.

Jetzt meinen die einen, daß Marx sich ergeben wollte, aber beim Kriechen aus dem Keller versehentlich den Türrahmen mitgenommen hat. Andere meinen, daß er absichtlich an den Fundamenten gerüttelt habe nach dem Beispiel des biblischen Samson, was auch nicht ausgeschlossen ist, denn sicher kannte er die Bibel.

Wie auch immer, Kraft hatte er jedenfalls.

Das Pferd

»Ich nehme den da«, sagte der Käufer in englischer Sprache und zeigte auf den Hengst.

»Er sagt, daß er den da nimmt«, übersetzte ich dem Leiter der Stallungen, meiner Rolle als Dolmetscher entsprechend.

»Unmöglich, der ist schon verkauft.«

»Ich bin überhaupt noch nicht verkauft«, sagte das Pferd in unserer Muttersprache.

»Was hat er gesagt?« fragte der Käufer.

»Nicht wichtig«, sagte der Leiter. »Er quatscht manchmal Unsinn.«

»Den oder keinen«, bestand der Amerikaner auf seiner Wahl. »Ein schönes Pferd und außerdem kann es sprechen.«

Der Leiter der Stallungen nahm mich zur Seite.

»Ausgerechnet den kann ich nicht verkaufen, weil das kein Pferd ist.«

»Ja, was dann?«

»Zwei Agenten des Geheimdienstes, als Pferd verkleidet, noch vor der Wende. Jedes Mal, wenn unser Generalissimus ausreiten wollte, hat er ihn bestiegen, das heißt sie. Als persönliche Leibwache.«

»Und was machen sie jetzt noch hier?«

»Sie verstecken sich. Verstehen Sie, jetzt, nach der Revolution haben die Agenten des Geheimdienstes kein leichtes Leben.«

Währenddessen kam das Nicht-Pferd näher an uns heran.

»Machen Sie keine Dummheiten«, sagte es zum Leiter. »Das ist für uns die einzige Chance, um nach Amerika zu kommen.«

»Spricht dieses Pferd ebenfalls rumänisch?« fragte der Amerikaner und näherte sich unserer Gruppe.

»Nein, nur polnisch. Aber weshalb fragen Sie?«

»Ich bin ein Repräsentant der Organisation, die den Ländern Osteuropas ökonomisch hilft. Dieses Pferd schicken wir nach Rumänien zu Fortpflanzungszwecken, zur Verbesserung der dortigen Zucht.«

»Da danke ich schön«, sagte das Pferd und entfernte sich.

»Was hat er gesagt?« fragte mich der Amerikaner.

»Daß er gleich zurückkommt«, log ich. Schließlich geht das nur uns etwas an.

Der Fluß

Der Fluß war gefährlich, kaum jemand überquerte ihn schwimmend oder mit dem Boot. Trotzdem fanden sich immer wieder Draufgänger, weil das andere Ufer, eben weil es unerreichbar war, alle anzog, aber zu einer Überfahrt entschlossen sich nur die Allermutigsten. Die, denen der Mut fehlte, setzten sich an das Ufer und seufzten: »Ach, wie schön wäre es, auf der anderen Seite zu sein.«

Wenn der nächste Draufgänger ertrunken war, schüttelten sie trauernd die Köpfe, aus tiefster Seele zufrieden, daß noch einmal einer bewiesen hatte, daß die Überquerung unmöglich war, und damit auch, daß sie recht hatten, wenn sie sich vom heimatlichen Ufer nicht entfernten.

Die Gesellschaft aber war stolz auf die Draufgänger und errichtete ihnen da, wo die höchste Stelle des Ufers war, ein Denkmal: »Ruhm denen, die den Fluß überquerten.«

Eines Tages begann der Fluß auszutrocknen. Jedes Jahr wurde der Fluß weniger, und bald befanden sich da, wo unergründliche Untiefen und unüberwindliche Strudel waren, flache Pfützen, in denen die Kinder staksten und die Hühner plantschten. Das Denkmal wurde peinlich, weil jetzt jeder den Fluß überquerte, wie er wollte und wann er wollte, hinüber und zurück. Man brauchte einfach nur von einem Ufer zum anderen zu spazieren, selbst in betrunkenem Zustand.

Was sollte mit dem Denkmal geschehen? Man könnte es natürlich in die Luft sprengen, aber das zog Kosten nach sich, ganz zu schweigen davon, daß seine Errichtung eine ganz schöne Investion gewesen war. Die Gemeinde hatte nicht die Absicht, das Geld aus dem Fenster zu werfen. Es war viel billiger, nur die Aufschrift zu verändern. Man übermalte also: RUHM DENEN, DIE DEN FLUSS ÜBERQUERTEN und meißelte später in denselben Marmor: ES LEBE DER SPORT!

Die Brücke

Ein Experte aus der Hauptstadt kam mit Vertretern des ausländischen Kapitals zu uns, um die Situation hinsichtlich der Reformen und Kredite zu untersuchen. Sie untersuchten und untersuchten, dann rief mich der Experte zu einem vertraulichen Gespräch zu sich.

»Es gibt da eine bestimmte Schwierigkeit. Kredite würden sie natürlich geben, aber die Rückständigkeit der hiesigen Bevölkerung hält sie zurück.«

»Was für eine Rückständigkeit? Jeder sieht fern und man redet sogar davon, daß man einen Sex-Shop eröffnen will.«

»Und die Brücke?«

»Was für eine Brücke?«

»Ihr habt eine Brücke über den Fluß, aber niemand benutzt sie. Wie Wilde geht Ihr durch die Furt über den Fluß, obwohl die Brücke daneben steht. Wie können die euch Kredite für die wirtschaftliche Entwicklung geben, wenn ihr noch nicht einmal wißt, wie man eine normale Brücke benutzt.«

»Das ist nicht aus Rückständigkeit, das ist, weil die Brücke während des Kommunismus gebaut wurde und die Leute kein Vertrauen haben.«

»Wieso, ist da irgendwas nicht so...«

»Nein, nicht deswegen. Sie schwankt ein bißchen, das

ist wahr, aber die Leute haben aus Prinzip kein Vertrauen.«

»Das verstehen die Kapitalisten nicht. Aber könnten Sie als der Gemeindevorsteher die Leute nicht irgendwie überreden, daß sie anfangen, über die Brücke zu gehen?«

»Sie werden mir nicht glauben, mir höchstens Sympathie für den Kommunismus unterstellen, das ist alles, was dabei herauskommt.«

»Na, dann wird es nichts mit den Krediten.«

»Höchstens, wenn Sie selber ein Beispiel gäben. Sie haben ein staatliches Auto, Sie riskieren nichts. Wenn sie sehen, daß die Brücke es aushält, fahren sie sofort auch rüber. Denken Sie vielleicht, daß die Furt durch den Fluß so ein Vergnügen ist?«

Er zögerte ein bißchen, aber erklärte sich einverstanden. Der Priester verkündete von der Kanzel, daß der Experte über die Brücke fahren würde. Die Leute kamen in Scharen von beiden Seiten des Flusses. Und alles wäre gut gegangen, wenn der Experte nicht mit einem Pferdewagen zusammengestoßen wäre, bevor er es schaffte, die Brücke zu erreichen. Sie brachten ihn ins Kreiskrankenhaus.

Jetzt soll ein neuer Experte geschickt werden. Aber bis das geschieht, sind die Kapitalisten abgereist, und es gibt weiterhin keine Kredite.

Im Garten

Wir saßen im Garten, und tranken vor dem Mittagessen langsam unseren Aperitiv. Das Gespräch kam auf den Rassismus.

»Vom theologischen Gesichtspunkt aus«, sagte P., ein bekannter Prediger, »existiert der Rassismus nicht, weil wir alle von Adam und Eva abstammen.«

Da raschelte was in den Blumenbeeten und entwischte über den sorgfältig gemähten Rasen.

»Was war das?« fragte ich.

»Eine Schlange.«

»Aber finden Sie nicht, Hochwürden, daß sie irgendwie merkwürdig gelächelt hat?«

»Nein«, entgegnete der Theologe kurz.

Der Dichter

»Meine Herren!« sagte der Präsident, »Unsere Stadt hat bereits einen großen Präsidenten hervorgebracht, aber noch keinen großen Dichter.«

»Ich bringe nichts heraus, ich gebe sowieso schon zu viel aus«, entgegnete der Referent. »Es reicht nicht bis zum ersten. Könnt ihr mir was borgen, Kollegen?«

»Sie sind wie eine Weinbergschnecke, mal stecken Sie den Kopf raus, mal ziehen Sie ihn wieder ein. Hin und her. Gibt es hier keinen jungen Menschen, der in Frage käme?«

»Wir haben einen Praktikanten, ein sensibles Jungchen. Schicken wir ihn nach Zakopane in die Ferien, da kann er auf den Giewont klettern und von oben in die Ferne sehen... Vielleicht erwacht da irgendwas in ihm.«

Der Praktikant kam aus Zakopane zurück, na klar, er war blaß, hatte Ringe unter den Augen. Offensichtlich war etwas in ihm erwacht. Wir befahlen ihm, ein Gedicht zum Frauentag zu verfassen. Er brachte es nach einer Woche:

Unsre Frauen sollen leben,
es soll viel Gute drunter geben.

»Eine Idee ist da«, sagte der Präsident, »aber zu kurz. Er sollte sich noch weiter entwickeln.«

Aber mehr schrieb er nicht. Wir fühlten uns verantwortlich für ihn.

»Man muß ihm helfen«, erklärte der Präsident. »Schließlich haben wir ihn aus dem eigenen Schoß hervorgebracht.«

»Wie? Wenn er nicht schreibt, schreibt er nicht.«

»Offensichtlich hat er eine schöpferische Krise.«

»Die hat er, weil es ihm zu gut geht«, behauptete der Referent. »Es ist doch bekannt, daß ein Künstler leiden muß, um schöpferisch zu sein. Ich würde ihm sein Monatsgehalt kürzen.«

»Sie sehen das wieder nur materialistisch.«

»Überhaupt nicht, das wird ihn psychisch schmerzen, und mein Gehalt könnte man erhöhen.«

»Er sollte besser an Schwindsucht erkranken«, ließ sich der Buchhalter vernehmen. »Schwindsucht tut Dichtern sehr gut, da gibt es viele Beispiele.«

»Könnte er...« überlegte der Präsident. »Aber die Krankheit dauert, während die Zeit drängt, das Volk auf die Werke wartet. Gehen wir zu ihm!« entschied er.

Wir fanden den Dichter vor, als er sich gerade auf dem Kanapee räkelte. Als wenn er nicht wüßte, daß man mit weichen Dingen alles kaputt macht.

»Fühlst du dich wohl?« fragte der Präsident listig.

»Danke, nicht schlecht.«

»Na bitte, hab ich es nicht gesagt?« rief der Referent triumphierend aus. »Da ist es nicht verwunderlich, daß er nichts schreibt.«

Wir packten ihn unter den Armen, setzten ihn auf einen Sessel und banden ihn fest. Vor ihm legten wir ein leeres Blatt Papier auf den Tisch und gaben ihm eine Feder in die Hand.

»Wir gehen jetzt einen Kaffee trinken und du schreib. Wenn wir zurück kommen, möchten wir was sehen, schwarz auf weiß.«

Wir kamen nach einer Stunde zurück. Das Blatt Papier war leer. Nicht zu glauben, wie stark ihn die schöpferische Krise gefangen hielt.

»Ein schwerer Fall«, seufzte der Präsident. »Wir müssen ihm eine Reißzwecke unter den Allerwertesten heften.«

»Und einen Knebel ins Maul, damit er sich nicht verzettelt«, fügte der Referent hinzu.

»Das kann nichts schaden«, erklärte sich der Präsident einverstanden. »Einer hält ihn fest und ich gieße ihm Wasser in die Nase, das wird ihn sublimieren.«

Wir gingen spazieren. Unsere Flasche war schon leer, deshalb sammelten wir Ameisen in die Flasche, um sie ihm bei unserer Rückkehr in die Hosen zu stecken.

»Er schreibt schon, er schreibt!« schrie der Referent auf der Schwelle, als wir zurückkehrten.

»Meine Herren, das ist ein schöner Augenblick«, erklärte der Präsident, »wir sind Zeugen der Geburt eines Meisterwerks. Die Ameisen brauchen wir nicht mehr.«

Der Dichter schrieb tatsächlich etwas. Wir stürzten zum Tisch, um es zu lesen. Auf dem Blatt Papier stand:

»Verduftet, ihr ...!«

Er konnte den Satz nicht beenden, weil ihm der Präsident die Feder aus der Hand riß.

»Das ist es nicht«, sagte der Präsident traurig. »Das ist nicht das Thema. Und er hat überhaupt kein Talent.« Und er zerriß das Blatt Papier.

Wir verprügelten ihn ganz normal, ohne Wasser in die Nase zu gießen, ohne Ameisen und ähnliche Anstrengungen von seiten der Gesellschaft. Das lohnt sich nicht für einen Schmierfink.

Freie Konkurrenz

Der Propst ließ mich zu sich kommen.

»Ist das wahr, daß sie auf dem Markt ein neues Geschäft aufgemacht haben, das gegen das Sechste und Neunte Gebot verstößt?«

»Einen Sex-Shop?«

»Ich will nicht mal wissen, wie sich diese Schweinerei nennt, ich will nur wissen, ob es wahr ist.«

»Es ist wahr, Herr Propst.«

»Und die Leute gehen dahin?«

»Und wie! Man kann gar nicht über den Markt laufen, so voll ist es da.«

»Na, dann müssen wir auch so ein Geschäft beim Pfarrhaus eröffnen.«

»Ein Pfarrhaus-Sex-Shop? Aber diese Waren sind doch eine Sünde!«

»Wozu ist die Natur da? Man kann alles ohne jede Sünde darstellen, wenn man die natürlichen Phänomene als Beispiel nimmt. Na, Sie wissen schon, die Blümchen und die Vögelchen... Sie machen das auch so, sie bestäuben sich und so weiter. Bei uns wird dasselbe sein wie auf dem Marktplatz, aber ohne jede Pornografie, tugendhaft, christlich. Und Sie als Christ organisieren mir so ein Geschäft.«

»Wozu? Auf dem Markt ist doch schon so ein Geschäft.«

»Sie verstehen nicht. Man muß die Leute vor der ewigen Verdammnis retten. Auf dem Marktplatz herrscht Sodom und Gomorrha, aber bei uns wird es ganz fromm zugehen. Wenn die Leute das schon unbedingt wollen, dann werden sie es auch bei uns finden, nur ohne Sünde, und ohne die Erlösung der Seele zu gefährden. Das macht sich jedem bezahlt und jeder wird zu uns kommen. Auf diese Weise nehmen wir ihnen die Kundschaft weg.«

Ich tat, was ich konnte. Ich wählte ein paar Blumen aus, die mir wollüstiger als andere erschienen, pflanzte sie in Blumentöpfe und stellte sie in den Raum. Ich hängte auch einen Käfig mit zwei Kanarienvögeln auf, sie verhielten sich aber gleichgültig zueinander, und schließlich konnte ich sie ja nicht zum Beischlaf zwingen. Dann setzte ich mich an die Kasse und wartete auf Kundschaft.

»Na, und wie geht es so?« fragte der Propst am nächsten Tag.

»Es ist niemand gekommen.«

»Das ist Ihre Schuld, Sie sind nicht imstande, das Schaufenster richtig zu dekorieren.«

»Was soll ich denn ausstellen? Wenn ich wenigstens Maryschka haben könnte, Ihre Hausangestellte…«

»Was, soll sie…?!«

»Nein, nichts dergleichen, sie säße ganz ruhig in der Ecke und würde stricken.«

Damit war er nicht einverstanden. Am nächsten Tag und noch später kam auch niemand, und nach einer Woche gab ich die Stellung auf. Nicht nur als Leiter des Sex-Shops am Pfarrhaus, sondern auch die Stellung in der Sakristei. Das Geschäft am Marktplatz hatte sein Angebot erweitert und brauchte neues Personal, also meldete ich mich dort.

Die Arbeit ist leicht und interessant, und was das wichtigste ist: Ich fühle, daß die Gesellschaft mich braucht.

Diplomatische Reise

Im Zug nach Bratislawa herrschte Gedränge, aber wozu haben wir denn Köpfchen? Wir haben nicht umsonst Kopernikus hervorgebracht. Ich stand auf dem Gang, und sowie ich sah, daß ein Tscheche das Abteil verließ, um zur Toilette zu gehen, nahm ich sofort seinen Sitzplatz ein.

Der Tscheche kam zurück und wollte unbedingt meinen Sitzplatz einnehmen.

»Ich bitte Sie…«

Soll er nur bitten. Die Tschechen haben keine Fantasie, da bitten sie eben. Und ich brachte drei Koffer voller Zigaretten zum Verkauf nach München und hatte nicht die Absicht zu stehen. Außerdem war er ein älterer Mann – der würde sowieso bald sterben.

Aber ich habe nicht lange gesessen. Andere chauvinistische Tschechen nahmen sich ihres Landsmannes an und warfen mich aus dem Abteil.

Da wird so viel über die bessere Regulierung der polnisch-tschechischen Beziehungen geredet, aber sowie ich anfing, das zu regeln, nahmen sie mir das gleich übel.

Der Milchertrag

»Meine Herren!« sagte der Präsident. »Fahren wir aufs Land! Es ist von oben eine Empfehlung gekommen im Zusammenhang mit der Woche der landwirtschaftlichen Bildung, den Bauern bei der Erweiterung moderner Methoden der Viehzucht und des Ackerbaus zu helfen. Wer hat irgendwelche Vorschläge?«

»Man könnte ihnen zum Beispiel zeigen, wie man melkt«, schlug der Buchhalter vor. »Ich habe gehört, daß es moderne elektrische Melkmaschinen gibt. Eine Vorführung würde sich lohnen. Nur woher nehmen wir eine elektrische Melkmaschine?«

Wir beschlossen, Fräulein Kasia, unsere Sekretärin, mitzunehmen und sie an eine Steckdose anzuschließen. Soll sie doch unter Strom melken.

Wir fuhren los. Der Präsident an der Spitze des Kollektivs und Fräulein Kasia. Wir kamen zu einem Bauernhof, gingen hinein und der Präsident fragte gleich als erstes: »Gibt es bei euch Rindvieh?«

»Na klar«, antworteten die.

»Und Elektrizität?«

»Ist auch da.«

»Na, dann stellt uns mal ein Rindvieh hierher, nur sollte irgendwo in der Nähe ein Stecker sein. Wir zeigen euch, wie man modern melkt, mithilfe einer Melkmaschine.«

Sie stellten uns ein Stück Vieh hin, sogar ein ziemlich großes. Drumherum versammelten sich die Bauern und warteten, was dabei rauskäme. Fräulein Kasia setzten wir auf einen Schemel, wie es sich gehört, und schlossen sie mit dem Stecker an die Leitung an.

»Jetzt schließe ich den Strom an«, sagte der Präsident. »Achtung! Sowie ich den Strom angeschlossen habe, fangen Sie an zu melken!«

Und er knipste den Strom an. Aber Fräulein Kasia fing so an zu zittern, daß ihre Hände flatterten und das Melken gar nicht erst anfing. Die Bauern wiegten die Köpfe.

»Zu große Spannung«, sagte der Präsident. »Oder aber Fräulein Kasia hat die falsche Volteinheit. Wir bräuchten einen Transformator.«

Aber einen Transformator gab es nicht und Fräulein Kasia war beleidigt. Indessen verloren wir unser Prestige. Noch einen Augenblick, und die Bauern würden ganz und gar aufhören, an moderne Methoden zu glauben.

»Eine vorübergehende Gerätestörung«, erklärte ihnen der Präsident. »Aber das macht nichts, ich zeige euch, wie man rekordmäßig melkt.«

Er krempelte die Ärmel hoch und setzte sich höchstpersönlich auf den Schemel. Den Bauern verschlug es fast die Sprache, weil der Präsident tatsächlich erstklassig melken konnte. Trotzdem waren keine Resultate zu sehen.

»Kein Milchvieh, oder was?« wunderte sich der Präsident und wischte sich den Schweiß von der Stirn. Da räusperte sich ein älterer Bauer, trat von einem Bein auf das andere und sagte schüchtern: »Mein Herr, das ist doch ein Stier.«

»Ah, Entschuldigung«, sagte der Präsident und hörte auf zu melken.

Wir kehrten schweigend in die Stadt zurück. Es hängt eben doch alles davon ab, wen man melkt.

Die Transaktion

Ich reiste durch das Land und hielt in einer Garnisonsstadt, um zu Mittag zu essen. Ein Leutnant der Imperialarmee kam ins Restaurant und näherte sich mir.

»Kaufen Sie einen Panzer?« fragte er.

»Wo ist der?«

»Hier.«

»Kann man ihn besichtigen?«

»Natürlich.«

Wir verließen das Restaurant. Auf der Straße stand ein Panzer.

»Wieviel wollen Sie?«

Er nannte eine lächerlich niedrige Summe.

»Ich gebe Ihnen zweimal soviel, aber unter der Bedingung, daß Sie ihn mir nach Moskau bringen. Ich werde dort demnächst als Tourist weilen, dann hole ich ihn mir ab.«

»Und jetzt können Sie nicht?«

»Nein, ich bin auf Reisen und habe ein Auto. In Moskau ist das was anderes.«

Er schien bekümmert.

»Nach Moskau ist es weit... Und dann muß man über die Grenze...«

»Aber ich zahle zweimal soviel, die Hälfte jetzt, den Rest in Moskau.«

Er seufzte.

»Vor der Fahrt wäre es gut, was zu trinken...«

Ich bestellte ihm ein Bier, dann setzte er sich in den Panzer und fuhr gen Osten, in Richtung seiner Heimat.

Natürlich fahre ich nicht nach Moskau. Und einen Panzer brauche ich im Grunde auch nicht.

Das Dichterdenkmal

Wir erhielten Mittel für die Errichtung eines Denkmals zu Ehren von Adam Mickiewicz. Aber da wir verschiedene Bedürfnisse hatten, borgten wir uns das Geld zwischenzeitlich und gaben es für andere Zwecke aus. Unser Dichterprophet liebte das Volk und hätte sicher nichts dagegen gehabt.

Doch es näherte sich der Tag der Denkmalenthüllung in Gegenwart höchster Herrschaften. Wir versammelten uns alle, um zu beraten.

»Meine Herren!« eröffnete der Präsident die Versammlung. »Die Situation ist peinlich. Es gab den Dichterpropheten, es gab Geld, es gibt kein Denkmal. Was machen wir?«

Eine schwierige Angelegenheit. Ein Sockel wäre leicht zu beschaffen, da reichte ein großer Stein auf dem Platz. Aber woher eine Statue nehmen? Die sollte aus Bronze sein, und das konnten wir uns nicht leisten. Und den Bildhauer müßte man auch anständig bezahlen.

In unserem Städtchen lebte ein gewisser Rentner. Wir gingen zu ihm und sagten zu ihm: »Du stellst dich in einer entsprechenden Position auf den Sockel und tust so, als wärst du Mickiewicz. Das ist für dich eine Ehre und eine Auszeichnung. Denk nur dran, daß du dich nicht bewegen darfst, keinen Millimeter, du darfst dich nicht bücken oder gar kratzen. Als Rentner hast du genügend Zeit, die Arbeit ist leicht und angenehm, an der frischen Luft, und die paar Groschen, die du von uns bekommst, wirst du auch gebrauchen können.«

»Könnte man das nicht im Liegen…?« fragte der Greis. »Meine Beine sind schwach.«

»Das ist zu viel verlangt. Du hast sowieso Glück, daß es kein Denkmal des Sieges ist. Da müßtest du so tun, als wärst du eine Frau mit einem Säbel, ohne Büstenhalter.«

Die Enthüllung verlief erfolgreich. Der Dichterprophet schien den Versammelten fast lebendig zu sein. Ein langer Gehrock, ein Buch unter dem Arm, in einer Hand eine Gänsefeder, die andere wies in die Ferne. Auf dem Kopf ein Lorbeerkranz.

»Sehr schön«, lobte der Regierungsvertreter. »Sehr realistisch. Nur der Gesichtsausdruck ist irgendwie unintelligent.«

Eine Zeitlang ging alles gut. Acht Stunden lang stand er auf dem Sockel, wie es sich gehörte, und wenn ihm die Beine weh taten, setzte er sich in die Kneipe gegenüber und wartete auf ein Zeichen, ob nicht eine Reisegruppe oder sonst irgendein Fremder vorbeikäme. Dann kletterte er wieder auf den Sockel, und selbst wenn er ein wenig schwankte, dachten die Urlauber, das sei der Wind. Einmal im Jahr hatte er Urlaub. Dann hängten wir ein Schild an den Sockel: »Renovierung des Denkmals.«

Aber dann begann er launisch zu werden.

»Im Vertrag steht nichts von Tauben, dabei haben die Tauben überhaupt keine Hochachtung vor mir. Ich verlange eine Gehaltserhöhung.«

Er bekam eine Gehaltserhöhung, aber das genügte ihm nicht.

»Sie kritzeln auf mir rum«, sagte er. »Es geht ja noch, wenn sie das mit Bleistift oder Kugelschreiber machen. Aber gestern hat einer mit einem Nagel auf mir geschrieben: ›Ich war hier. Zbyszek‹.«

Wir erhöhten sein Gehalt noch einmal, aber auch das genügte ihm nicht. Er stellte immer höhere Forderungen.

»Als Mickiewicz müßte ich nach Paris fahren, um den Gesichtsausdruck der Sehnsucht nach der Heimat zu studieren. Es reichen zwei Wochen.«

Das war uns doch zu viel und wir schickten ihn nach Moskau. Soll er dort mal Heimweh haben.

Drei Generationen

Beim Frühstück sagte ich zu Papa: »Glaubst du nicht, Papa, daß Opa sich an zu viel erinnert?«

Papa hörte auf, sein weiches Ei zu essen.

»Was willst du damit sagen?«

»Das, was ich sage. Er lebt lange und weiß gewisse Dinge von uns.«

»Ich habe ein reines Gewissen.«

»Nanu? Und wer hat das Vaterland verraten und ist in die Kommune eingetreten? Opa war dabei.«

»Und wer hat die Kommune verraten und ist dem Vaterland beigetreten?«

»Ich. Ich sage ja, daß Opa zu viel über uns beide weiß.«

»Was willst du denn, daß ich tue? Wir können Opa schließlich nicht liquidieren.«

»Liquidieren nicht, aber wir können ihn auf eine Diplomatenstelle schicken. Ich habe jetzt Bekannte in der neuen Regierung und könnte das erledigen. Bist du einverstanden, Papa?«

Er war einverstanden, und Opa wurde Gesandter in Pernambuco. Vielleicht ahnt er irgendwas, denn bis jetzt sitzt er da ganz ruhig.

Der Fahrstuhl

Der Präsident ließ uns rufen und verkündete: »Meine Herren! Eine wichtige Investition, wir bekommen einen Fahrstuhl.«

Zu Anfang wunderten wir uns, weil wir nur Parterre haben.

»Na ja«, erklärte der Präsident. »Das ist die Modernisierung. Wir können daran nicht vorbei. Eben deshalb habe ich Sie zu mir gerufen, damit wir gemeinsam darüber nachdenken, wie wir dieses Problem lösen können.«

Wir berieten und berieten uns, bis wir schließlich zu einem Beratungsergebnis kamen. Es kam ein Kollektiv und baute den Fahrstuhl nach unserem sehr einfachen Plan ein.

Wir heuerten einen Angestellten an, der im Parterre stand und aufpaßte, daß jeder, der das Gebäude betrat, zunächst mit dem Fahrstuhl in den Keller fuhr, dann nach oben ins Parterre und dort ausstieg. Dagegen fuhr jeder, der das Gebäude verließ, zuerst auf den Boden, dann runter ins Parterre und dann ging er hinaus.

Alles war in Ordnung, bis die Anweisung kam, daß man aus Sparsamkeitsgründen den Fahrstuhl nur nach oben benutzen dürfe, von oben aber sollte man runter laufen.

Die Sache wurde kompliziert. Jetzt mußte jeder, der ins Gebäude gehen wollte, erst in den Keller laufen, dort auf den Fahrstuhl warten und ins Parterre fahren. Und jeder, der das Gebäude verlassen wollte, hatte das Recht, mit dem Fahrstuhl auf den Boden zu fahren, aber ins Parterre mußte er hinunterlaufen.

Aber auch das überanstrengte offenbar den Fahrstuhl, denn es kam eine Ergänzung zu der Anweisung, daß den Fahrstuhl nur die Abteilungsleiter, schwangere Frauen, Invalide sowie Personen benutzen dürfen, die mit Orden von Bronze an aufwärts ausgezeichnet waren.

Da es sich gerade so fatal fügte, daß ausgerechnet keine unserer Arbeiterinnen dieser zweiten Qualifikation entsprach, richteten wir einen flammenden Appell an sie. Ordensträger hatten wir nicht, und was die Invaliden betraf, fehlte dem Buchhalter zwar irgendwas, aber er verheimlichte es. So mußte der Präsident allein fahren. Erst als der Fahrstuhl endgültig kaputt ging, verschwand das Problem.

Das schlimmste ist aber, daß wir nun alle diese Stockwerke zu laufen haben, denn wir können uns das nicht mehr abgewöhnen. Und Treppensteigen macht müde.

Die Jagd

Am frühen Morgen erhielt der Erste Sekretär des Kreiskomitees eine vertrauliche Nachricht vom Ersten Sekretär der Bezirkspartei, der sie wiederum vom Ersten Sekretär des Zentralkomitees der Partei erhalten hatte. Am Nachmittag war er schon im Wald.

Der Erste von allen Ersten Sekretären benachrichtigte die anderen, daß er, da er einen weiteren Widerstand gegen die revolutionären Kräfte für hoffnungslos hielt (in der Depesche gebrauchte er allerdings das Wort ›zwecklos‹), beschlossen habe, die Macht deren Vertretern zu übergeben und die Partei aufzulösen (›zum Zweck ihrer weiteren Stärkung‹ wie er sich ausdrückte). Die Machtübergabe sollte am nächsten Tag stattfinden.

Die Fahrt des Kreisobersten in den Wald hatte nur einen indirekten Bezug zu dieser Nachricht. Er beabsichtigte überhaupt nicht, den Widerstand bewaffnet und einsam fortzusetzen, und bewaffnet war er nur mit einer Jagdwaffe. Seine Motive waren andere.

Da er ein leidenschaftlicher Jäger war, durchforstete er – persönlich und mit anderen Würdenträgern, die er zur Jagd eingeladen hatte – den ganzen Wildbestand in den seinem Herrschaftsbereich unterstellten Wäldern. Das war nicht schwer für ihn, weil jene Wälder Nationalpark und damit als Reservat anerkannt waren, in dem die Jagd verboten war. Und da er auch in der Schonzeit jagte, wenn die Jagd sogar außerhalb des Reservats verboten war, gab es in seinen Wäldern kein Wild mehr.

Mit einer Ausnahme. Übriggeblieben war – außer kaum erwähnenswerter Kleintiere, ein paar Kaninchen, ein paar kümmerliche Vögel – ein einziger Hirsch. Nur einer, aber dafür ein sehr stattlicher. Und er war nur deshalb übriggeblieben, weil ihn der Herrscher selbst behütet hatte. Er wollte ihn persönlich erschießen, aber erst nach einigen Jahren, am Tag seines fünfzigsten Geburtstags, den er mit einer großen Jagd feiern wollte. Jetzt aufgrund der Wende der Geschichte, und er wußte nun, daß diese schon am nächsten Tag eintreten würde, hatte dieser Plan keine Zukunft mehr.

Er lief querfeldein zu der ihm bekannten Lichtung. Da befand sich ein Futterkasten, zu dem der fast schon zahme Hirsch zu einer bestimmten Zeit kam. Man mußte nur auf ihn warten.

Er war schon gar nicht mehr weit weg von der Lichtung, als er im rechten Bein einen Schmerz fühlte und gleichzeitig die Unmöglichkeit, auch nur einen Schritt weiter zu gehen. Die gezackten Zähne der Falle durchdrangen seine Ferse bis auf den Knochen.

›Wilderer! Rechtlosigkeit und Anarchie!‹ schoß ihm durch den Kopf, und eine große Wut stieg in ihm auf. Aber er machte sich bewußt, daß er schon ab morgen nicht mehr für Recht und Ordnung verantwortlich wäre, und erst da flossen ihm die Tränen des Schmerzes aus den Augen.

Identifikation

Eines Tages begab ich mich in ein Lokal von übler Reputation, weil ich der Jugend ein abschreckendes Beispiel geben wollte.

Da sah ich, daß an einem Tisch jemand, der dem Präsidenten sehr ähnlich sieht, in Gesellschaft einer Dame an einem der Tische saß. Als er mich entdeckte, stand er auf und begab sich in Richtung Toilette.

Der Präsident oder nicht der Präsident? Es kann nicht der Präsident sein, denn diese Dame da war nicht seine Frau, aber andererseits so eine Ähnlichkeit…

Ich lief ihm nach, um das zu überprüfen. Ich kam herein, niemand war da. Ich klopfte an die Toilettentür.

»Wer ist da?« ließ er sich nach einer Weile vernehmen.

»Einer von uns.«

»Welcher?«

»Das bin ich. Erkennen Sie mich nicht, Herr Präsident?«

»Hier ist kein Präsident: Hier ist ein Mensch der Arbeit.«

Inzwischen hatte sich hinter mir schon eine ziemliche Schlange gebildet.

»Man muß die Tür aufbrechen«, sagte einer. »Dem ist was passiert.«

»Vielleicht hat er sich erhängt?«

»Ich habe mich überhaupt nicht erhängt!« hörten wir. »Ich liebe das Leben.«

»Na, dann komm raus!«

Aber er kam immer noch nicht heraus.

»Hauruck!« riefen die Herren und drückten an die Tür.

»Ich komme heraus!« hörten wir. »Aber unter der Bedingung, daß alle im Saal warten außer dem einen, der als erster in der Schlange steht.«

»Dann haben Sie mich doch erkannt, Herr Präsident?!« freute ich mich.

»Wer hat sich erhängt?« fragten die neu Dazugekommenen, und das Orchester hörte auf zu spielen.

Alle zogen sich in den Saal zurück. Die Tür ging auf und heraus kam – wohl doch der Präsident.

»Schnell! Nimm meinen Platz ein.«

»Ich wollte Sie doch nur begrüßen, Herr Präsident. Wie steht es mit der Gesundheit Ihrer geschätzten Gemahlin?«

»Gehen Sie jetzt rein oder nicht?«

Ich konnte dem Vorgesetzten nichts abschlagen und ging in die Kabine.

»Meine Herren!« hörte ich eine Stimme, wohl die des Präsidenten. »Der sitzt immer noch da. Holt ihn euch!«

Und sie holten mich.

Ja, ja es muß doch der Präsident gewesen sein.

Die Fliege

Eine Fliege quälte mich. Ich verjagte sie, aber sie kam zurück, ich verjagte sie also wieder. Schließlich sagte sie: »Nein, das ist es nicht. Ich warte, bis …«

Sie flog weit weg und ließ sich auf einem toten Hund nieder.

»Bis was?« fragte ich.

Sie antwortete nicht. Und ich drang nicht weiter in sie, denn ich fürchtete, die Antwort zu kennen.

Fortschritt und Tradition

Jahr für Jahr fand in unserem Städtchen am Staatsfeiertag eine Parade statt. Der Gouverneur stand auf dem Balkon und das Volk zog unten vorbei. Und es gab keinerlei Probleme.

Aber in diesem Jahr kam die Demokratie auf, die Schwierigkeiten begannen.

Im Prinzip müßte das Volk jetzt auf dem Balkon stehen, und der Gouverneur unten vorbeiziehen. Aber das konnte er nicht, denn er war schon nicht mehr Gouverneur und dem Volk einverleibt.

Es entstand also das Problem, wer vor dem Volk vorbeimarschieren sollte.

Gemäß den Prinzipien der Demokratie müßte das Volk vor sich selbst vorbeimarschieren. Aber wie ist das zu bewerkstelligen? Doch nur mittels der Repräsentation. Es wurde also beschlossen, daß die Sejmabgeordneten, beziehungsweise die demokratisch gewählten Vertreter des Volks marschieren werden.

Der Balkon aber erwies sich als zu klein, um das Volk dort unterzubringen. Man beschloß also, die Vertreter auf den Balkon zu stellen und das Volk darunter. Letztendlich, wenn die Vertreter das Volk vertreten, dann ist es doch völlig gleichgültig, ob das Volk vor den Vertretern oder die Vertreter vor dem Volk marschieren.

Der Feiertag nahte. Die Vertreter des Volkes standen auf dem Balkon. Die, denen es nicht gelungen war, sich in die erste Reihe vorzuschieben, drängelten sich in der Tür, und ein paar, die besonders starke Arme hatten, hingen an den Seiten herunter. Die Parade begann.

Und alles wäre gut gewesen, wenn der Balkon nicht abgestürzt wäre. Der war nämlich morsch. Vorher hatte er gehalten, weil nur einer, der Gouverneur, dort gestanden hatte, aber als es zur Demokratie kam, stürzte er ein.

Daß es Veränderungen gibt, kann man nicht leugnen. Aber eine Beständigkeit der Tradition besteht auch. Zum Beispiel war vorher kein Geld da und jetzt ist auch kein Geld da. Nur daß es früher genügte, den Balkon einfach mit irgendwas zu stützen, während man jetzt einen neuen bauen muß.

Die Beerdigung

Während eines Spaziergangs schloß ich mich einem Trauerzug an. Das ist immer lustiger, als ganz allein ziellos herumzuirren. Ich wußte nicht, wen sie begruben, aber was macht das? Wir Menschen sind alle eine große Familie.

Außerdem konnte man ja fragen. Mein linker Nachbar im Trauerzug wußte es auch nicht.

»Ich gehe zur chemischen Reinigung, um Hosen abzuholen. Ich sah das Begräbnis, und da es auf dem Weg ist, habe ich mich angeschlossen. Ich gehe nur bis zur Ecke, dann biege ich ab.«

Ich fragte also den Nachbarn auf der rechten Seite.

»Wessen Begräbnis ist das?«

»Woher soll ich das wissen, sterben vielleicht wenig Leute? Die Bank macht erst um neun auf, da habe ich noch ein bißchen Zeit.«

Der dritte, der zwei Schritte vor mir ging, konnte mir auch keine Information geben.

»Ich bin nicht von hier, ich bin Tourist. Aber fragen Sie mal die Dame in dem schwarzen Tuch, die hinter dem Sarg geht. Sie sieht aus wie die Witwe und müßte es eigentlich wissen.«

In dem Moment begann es zu regnen und ich verließ den Trauerzug. Wieso soll ich für jemanden naß werden, den ich sowieso nicht persönlich kenne.

Der Kinofreund

Ich ging ins Kino, um einen historischen Film anzusehen. Eigentlich mag ich keine historischen Filme, höchstens über die alten Römer, weil sich da nackte Weiber herumtreiben, aber auf dem Plakat war eine Guillotine, und ich mag scharfe Werkzeuge in Aktion. Am meisten gefällt mir, wenn Leute mit einer Säge – am besten mit einer mechanischen – zersägt werden, aber eine Guillotine tut es auch.

Der Titel war ›Ludwig XVI‹. Ludwig, ein normaler Name, mein Kusin heißt Ludwig, aber was für ein Nachname? Das war nicht bekannt. Dieser Ludwig war sicher ein Analphabet und hat so unterschrieben.

Der Film fing gar nicht schlecht an. Viele Lanzen, Bajonette, Säbel, aber ich wartete auf die Guillotine. Sie sollten gerade einem König den Kopf abschlagen, als sich so ein Typ vor mich setzte und mir die Leinwand verdeckte.

»Rücken Sie mit Ihrem Kopf nach rechts oder links, ich sehe nichts«, sagte ich zu ihm.

Statt zu rücken, packte dieser Typ seine Ohren, zog sie in die Höhe, nahm den Kopf ab und legte ihn auf die Knie. Ich konnte wieder was sehen, aber die Szene war schon vorbei. Ich hatte den wichtigsten Moment im Film verpaßt, und alles wegen diesem Mistkerl.

Solche Leute würde ich nicht ins Kino lassen.

Eine Null

Der junge Mann, der den Platz neben mir einnahm, war für die schwere Nachkriegszeit außergewöhnlich gut angezogen. Aber mehr als seine Kleidung zog seine weiße, glatte Haut die Aufmerksamkeit auf sich. Er war gleichsam zu gut gewaschen, gescheuert und geputzt.

Während der Pause stand ich in einer Ecke unter der Wand, wo ich weniger unter den Blicken der Leute litt als inmitten des Foyers. Ich war fünfzehneinhalb Jahre alt und weniger als durchschnittlich: ein Häuflein Jugendunglück.

Er kam heran und stellte sich neben mich, nicht zu nah, ebenfalls mit dem Rücken zur Wand.

»Ein gutes Stück?« sprach er mich an.

Im Theater war ich zum zweiten, vielleicht dritten Mal im Leben. Vorher waren es Schulaufführungen gewesen, diesmal war ich zum ersten Mal allein, dank eines Schulfreundes, der mir die Karte geschenkt hatte. Er und seine Verlobte hatten irgendein Tanzfest, das sie dem Theater vorzogen und die zweite Karte gaben sie an der Kasse zurück. Ich hatte keine Verlobte und war – meinen heißesten Wünschen zum Trotz – immer noch Jungfrau.

»Ja, gut«, sagte ich.

»Na, vielleicht auch gut.«

Er warf die Zigarette weg und trat sie aus. Er zündete

sich eine zweite an, warf sie gleich weg und trat sie aus. Es waren lange Zigaretten mit Mundstücken, hell cremefarbene. Solche Zigaretten hatte ich nur in meiner Kindheit gesehen, vor dem Krieg, als Onkel Ludwig bei uns auf der Durchreise war. Es klingelte und wir kehrten in den Saal zurück.

Während des zweiten Aktes dachte ich nicht mehr an ihn. Im übrigen war ich damals nicht fähig, an irgend etwas im einzelnen zu denken, die Welt war ein Nebelmeer, in der sich alles gleichzeitig zusammenbraute.

Die Vorstellung ging zu Ende, es wurde geklatscht und wir standen von unseren Plätzen auf.

»Mein Zug geht erst um eins«, sagte er. »Ich gehe irgendwohin abendessen. Wenn du willst, können wir gemeinsam gehen, ich lade dich ein.«

Ich war genausowenig je in einem Restaurant gewesen, wie ich noch nie auf Tahiti gewesen war. Aber ich wollte sehr gern.

»Wir gehen ins *Casanova.*«

Das *Casanova* war ein Nachtlokal in der Florianskastraße, damals das allerschickste in Krakau. Für mich war das mehr als die Insel Tahiti.

Ich weiß nicht mehr, wie wir an den Tisch kamen, denn der Nebeldunst wurde golden und blendete. Der Tisch war im Zwischengeschoß, an der Wand. Er setzte sich mit dem Rücken zur Wand. Wir hatten den ganzen Saal vor uns, unten das Parkett, auf dem getanzt wurde.

»Einen Wodka?« fragte der Kellner, als wir bestellt hatten.

»Nein.«

Der Kellner beugte sich vertraulich vor.

»Wir haben ›Baczewski‹…«

›Baczewski‹ so nannte sich eine berühmte Lemberger Firma, bevor Lemberg aufgrund der Beschlüsse von Jalta eine Stadt der UDSSR wurde. Aber das *Casanova* war geblieben – es hieß immer noch *Casanova*, bis es zwei Jahre später seinen Namen änderte, wie alles in Polen, und zum ›Punkt der Unterhaltungsaktion im Dienst der Arbeitenden Massen‹ wurde. Aber damals besuchten noch antisozialistische und reaktionäre Elemente, also vor allem Privatunternehmer, das *Casanova*.

»Nein.«

»Ich kann ihn wirklich empfehlen.«

Mein Begleiter legte wortlos eine Pistole auf den Tisch. Der Kellner verschwand. Mein Kumpel steckte die Pistole wieder in die Pistolentasche im Jackett.

»Ich trinke nicht«, erklärte er.

Das Orchester spielte einen Rumba (zwei Jahre später spielte es nur Walzer und zwar tschechische), schöne, geheimnisvolle Damen tanzten mit herrlichen geheimnisvollen Herren. Wohl genauso wie auf der Insel Tahiti. Aber diese Pistole?

»Nicht einmal in Rußland habe ich getrunken.«

Mehr als das Weiß seiner Haut verblüffte die Unbeweglichkeit seines Gesichts.

Der Direktor des Lokals kam und fragte, ob alles in Ordnung sei, oder ob wir etwas bräuchten. Sogleich kamen drei Kellner zur Bedienung. Demjenigen, der vorher den ›Baczewski‹ angeboten hatte, zitterten die Hände.

»Iß.«

Ich aß. Ich weiß nicht mehr was, wahrscheinlich ein ›Kotlett de volaille‹. Und er, der selber nicht viel aß, begann zu reden.

Er erzählte von sich. Fragmente seines Lebenslaufes und kleinere Episoden. Die Schule des NKWD (des russischen Geheimdienstes), Fallschirmabsprünge außerhalb der Frontlinie, Sondermissionen; und natürlich seine augenblickliche Arbeit. Sprüche über das Leben, Kitsch, gemischt mit klinischer Sachlichkeit. Ein irgendwoher bekanntes Gefühl kam wieder auf. Das war vor ein paar Jahren, als die Deutschen Fotografien über Katyn veröffentlichten. Dieselbe Übelkeit erregende Faszination, die ich nicht wollte, von der ich nachts träumte und auf die ich jeden Sonntag wartete, wenn die illustrierte Beilage zum *Krakauer Boten* herauskam. Die Insel Tahiti verschwand.

Er hörte schließlich auf, und erst da machte ich den Mund auf. Das war mein einziges vernünftiges Wort während dieser ganzen Begegnung.

»Warum erzählen Sie mir das alles?«

»Weil ich nie was sage, aber mal muß ich einfach reden. Dir kann ich ja was erzählen, denn wer bist du schon?«

Er schnippte mit den Fingern Brotkrümchen vom Tisch.

»Eine Null.«

Die Brotkrümchen verschwanden vom Tisch.

»Herr Ober. Ein Dessert für den jungen Freund.«

Was gab es zum Dessert, sicher Eis oder eine ›Pêche Melba‹... Er sah auf die Uhr.

»Jetzt noch zum Friseur.«

»Der Friseur hat geschlossen«, sagte ich, nur um was zu sagen. Was kann eine Null schon sagen?

»Auf dem Bahnhof hat er immer offen, wenn ich nach Warschau zurückfahre.«

Er fuhr sich mit der Hand übers Gesicht.

»Eine heiße Kompresse und eine Massage, das ist das allerbeste. Ich mache das zweimal täglich; mindestens.«

Ich lief mit ihm die Florianskastraße entlang Richtung Bahnhof. Ich weiß nicht, warum ich mich nicht gleich von ihm getrennt hatte, nachdem wir das *Casanova* verlassen hatten. Aus Dummheit? Aus Trägheit? Wegen dieser Faszination? Dabei wollte ich ja fliehen. Seit wir das *Casanova* verlassen hatten, hatte er nichts mehr gesagt. Wir gingen langsam, ich wäre lieber schneller gegangen.

»Sie verpassen Ihren Zug.«

»Ohne mich fährt er nicht ab.«

Wir kamen zu der Stelle, wo die Planten aufhören und der Bahnhofsplatz beginnt, man brauchte nur die Fahrbahn zu überqueren. Plötzlich blieb er stehen.

»Geh nicht weiter«, sagte er.

Zum ersten Mal hatte ich den Eindruck, daß er mich nicht nur ansah, sondern mich wirklich sah.

»Wieso, ich kann...«

»Jetzt kehr besser um.«

»Es ist doch noch gar nicht so spät...«

»Hau ab! Aber sofort!«

Ich drehte mich um und begann mich zu entfernen. Trotzdem rannte ich nicht, ich drehte mich auch nicht noch einmal um; das war purer Instinkt und vielleicht hat mich das gerettet. Ich glaube, daß er nach dem *Casa-*

nova Zweifel bekam, ob nicht sogar eine Null etwas zuviel ist, und daß er, aus welchen Gründen auch immer, vorzog, daß ich ihm aus den Augen ging, bevor er das entscheiden mußte.

Die Zukunft

Die Zukunft ist unbekannt, aber wozu gibt es Prophezeiungen? Die Alten weissagten aus dem Vogelflug und erfuhren so, was sie erwartete. Ich kann mir auch weissagen.

Ich ging in den Park, wo es viele Vögel gibt. Einige flogen umher, andere saßen auf den Bäumen, andere hüpften auf dem Gras herum. Aber mich interessierten nur die fliegenden.

Ich warf den Kopf zurück und begann sie zu beobachten. Ich mußte nicht lange warten, bis ich einen Klacks auf der Glatze spürte, ein klares Symbol für meine Zukunft.

Und ich habe eine Lehre gezogen: Nie aus dem Vogelflug zu weissagen ohne Hut.

Brief nach Schweden

Sehr geehrter Herr Nobel,

ich bitte Sie höflich, mir den Nobelpreis zu verleihen. Meine Bitte motiviere ich folgendermaßen:

Ich arbeite als Buchhalter in einem staatlichen Betrieb und habe als solcher einige Bücher geschrieben:

Das Eingangsbuch und das Ausgangsbuch, ein Buch mit dem Titel »Bilanz« und das Hauptbuch. Außerdem habe ich gemeinsam mit dem Lagerleiter eine fantastische Erzählung mit dem Titel »Inventarverzeichnis« geschrieben.

Ich glaube, daß Ihnen die Bücher gefallen würden, denn sie sind alle mit viel Fantasie geschrieben und man kann sich totlachen, es ist echte Satire.

Wenn Sie sie vorher lesen wollen, könnte ich sie Ihnen leihen, aber nicht für lange, weil andere sie auch lesen wollen. Am meisten der Kontrollinspektor, der ist ganz versessen darauf, ich höre ihn schon im Nachbarzimmer.

Im Zusammenhang damit werden Kosten auf mich zukommen, denn er liest meine Bücher, aber vielleicht gefallen sie ihm nicht. Deshalb schreibe ich ja Ihnen, damit Sie mir den Preis schicken und ich meine Kosten decken kann. Bitte schicken Sie ihn an meine private Adresse. Selbst wenn der Briefträger mich nicht anträfe, würde meine Frau ihn entgegennehmen. Ich lasse ihr eine Vollmacht da.

Das würde dann bedeuten, daß ich einen Anwalt brauche... Bitte warten Sie einen Augenblick, Herr Nobel, er ist gerade hereingekommen.

...Er ist schon wieder weg. Wissen Sie was, Herr Nobel? – Schicken Sie mir lieber zwei Nobelpreise. Sie haben ja keine Ahnung, wieviel teurer alles geworden ist.

Der Bär

Wer läßt sich heute noch mit einem Bären fotografieren, selbst in den Bergen?

Es gab Zeiten, als in den Erholungsorten in den Bergen ein Bär als Partner für die gemeinsame Fotografie bei den Touristen und Urlaubern sehr gefragt war. Natürlich war das kein echter Bär, sondern der Gehilfe des Fotografen, der mit einem Bärenfell verkleidet war.

So ein Fotograf mit einem Bären gab es in Zakopane, einem bekannten polnischen Winterkurort. Man konnte die beiden auf der Krupowka treffen, der Hauptstraße von Zakopane.

Einmal fuhr Jean Paul Sartre nach Zakopane. Der große französische Philosoph ging die Krupowka entlang und rempelte aus Versehen den Bären an.

»Pardon, Monsieur«, bat er höflich um Verzeihung.

»Bin überhaupt kein Monsieur, du Scheißer«, sagte der Bär, der etwas angetrunken war. »Es muß heißen: ›Entschuldige, Bärchen.‹ Weißt du nicht, daß ›être c'est paraître‹ ist?«

Da hatte Sartre einen Gedankenblitz und formulierte seine berühmte These: »Sein heißt aussehen«.

Jetzt ist es höchste Zeit, daß die Weltöffentlichkeit erfährt, wer der eigentliche Schöpfer dieser These war: ein bescheidener, in intellektuellen Kreisen niemandem bekannter Gehilfe eines Straßenfotografen aus Zakopane, zweifellos ein Pole.

Viel zu oft gerät die Genialität der Polen in Vergessenheit.

Der Schornstein

Es sollte eine ökologische Kommission anreisen, um zu untersuchen, ob wir nicht zu viel verpesten. Natürlich verpesteten wir, wer verpestet nicht? Außerdem ist unsere Fabrik ausgerechnet im Wald, sie werden es uns übelnehmen, daß wir die natürliche Umgebung vernichten. Aber welche sollen wir sonst vernichten, die unnatürliche?

Aber wir bekamen einen Rat. Die Kommission ist schließlich nicht lange da, ein Blick auf den Fabrikschornstein reicht ihr. Also werden wir den Schornstein während ihres Aufenthaltes verstopfen. Sie kommen, werden sehen, daß er nicht raucht, und fahren wieder ab. Dann macht man den Schornstein wieder auf, und alles kehrt zum Normalen zurück.

Und so war es tatsächlich. Sie kamen angereist, guckten und lobten uns sogar für die musterhafte Nichtverpestung. Sie wunderten sich nur ein bißchen, daß der Wald so mit Ruß bedeckt war; aber es war klar, daß das nicht unsere Schuld war.

Leider ließen sie sich, statt gleich wieder abzufahren, im Wald zu einem Picknick nieder. Wir erklärten ihnen, daß das im Hinblick auf den Ruß nicht gesund sei, aber es half nichts. Erst gegen Abend, als sie schon was getrunken hatten, fuhren sie weg. So schnell wie möglich öffneten wir wieder den Schornstein, aber es war schon zu spät. Das

Begräbnis unseres Heizers, der inzwischen aufgrund der langen Verstopfung des Schornsteinschachts an Kohlenmonoxydvergiftung gestorben war, fand auf Kosten der Firma statt.

Man sagt, daß die Ökologie, das heißt der Umweltschutz, nur Gesundheit für den Menschen bedeutet. Aber das ist nicht wahr: Ökologie tötet.

Der Entschluß

Ich saß im Wartezimmer und wartete auf eine Audienz bei einer Sehr Wichtigen Persönlichkeit. An der Garderobe hingen zwei Mäntel. Einer gehörte mir, der andere jemandem, den die Sehr Wichtige Persönlichkeit eben in ihrem Arbeitszimmer empfing.

Ich wollte wegen eines natürlichen Bedürfnisses hinausgehen. Aber wenn ich hinausginge, riskierte ich, daß ich gerade dann drankommen und die Sehr Wichtige Persönlichkeit fragen würde: »Wo ist der nächste Bittsteller?«

»Rausgegangen«, würde die Sekretärin antworten. »Was? Rausgegangen?! Erst bettelt er um eine Audienz, und dann geht er raus? Ich will ihn nie wieder sehen.«

Aber was macht man, wenn das Bedürfnis immer größer wird. Vielleicht doch rausgehen? Je früher ich rausginge, desto schneller wäre ich wieder zurück und desto größer die Wahrscheinlichkeit, daß ich es schaffen würde. Aber die Audienz im Arbeitszimmer dauerte schon ziemlich lange und konnte jeden Augenblick zu Ende sein.

Also nicht rausgehen?

Wie soll ich nicht rausgehen, wenn die Not mich bedrängt.

Soll sie ruhig drängen, wozu hat man einen starken Willen? Von dieser Audienz hing meine Karriere ab.

Aber andererseits...

So überlegte ich, und die Zeit verging. Und je drängender das Bedürfnis wurde, desto stärker mein Beschluß, ihr nicht nachzugeben.

Endlich öffnete sich die Tür des Arbeitszimmers, es erschienen der Rücken meines Vorgängers in tiefer Verbeugung und hinter ihm die Sehr Wichtige Persönlichkeit: »Bitte, kommen Sie herein«, sagte er und lud mich ins Arbeitszimmer.

Da sprang ich auf und rannte wortlos raus auf den Gang. Leider hatte ich keine andere Wahl mehr.

Der Disput

In der Pension ›Kosmos‹ wurde zum Dessert abwechselnd Schokoladen- oder Vanilletorte gereicht. Täglich gab es einen Streit bei Tisch zwischen dem Professor Pyź und dem Dozenten Lubke, zwei Aristotelesspezialisten. Der Streit ging darum, ob das immer dasselbe Dessert war oder zwei verschiedene Desserts. Professor Pyź behauptete, daß, obwohl die Torte mal eine Schokoladentorte, mal eine Vanilletorte war, es immer nur eine Torte sei, also immer dasselbe Dessert. Nach Meinung des Dozenten aber entschied über die Art des Desserts seine Vanilleheit oder seine Schokoladenheit, das heißt, es waren zwei verschiedene Desserts.

Sie stritten also um die Kategorie oder vielmehr um die Kategorien und die Hierarchie der Kategorien.

Unabhängig davon, welche Torte gereicht wurde, kam täglich eine Fliege und setzte sich auf die Torte. Aber weder der Professor Pyź noch der Dozent Lubke schenkten der Fliege Aufmerksamkeit. Bis eines Tages die Fliege ausblieb.

Der Professor und der Dozent hatten schon ihren gewöhnlichen Disput begonnen, als ich aufstand und eine kurze Rede hielt: »Meine Herren, heute gibt es Schokoladentorte, aber die Fliege ist nicht da. Wir leben im Kosmos, wo alles geordnet ist, also hat die Vorsehung die

Fliege unter anderem auch dazu erschaffen, damit sie sich auf die Torte setzt, weil sie in ihrer Weisheit vorhergesehen hat, daß es nicht auszudenken wäre, wenn niemand sich auf die Torte setzte. Aber was ist zu tun? Die Fliege ist heute nicht da. Meine Herren, es ist keine Zeit für Ihren Disput, wir stürzen ins Chaos, wo alles passieren kann, wo nichts sicher ist. Und wenn wir hinabstürzen, dann verliert Ihr Diskussionsgegenstand jeglichen Sinn. Unterhalten Sie sich etwas später, wenn wir das kosmische Gleichgewicht wiedergewonnen haben.«

Dann kletterte ich auf den Tisch und setzte mich auf die Torte.

Ekel vor der Zivilisation

Ich stand auf dem Flur und sah aus dem Fenster. Dort flog ein natürliches Landschaftsbild vorbei, das heißt flache Felder mit Baumgruppen von Zeit zu Zeit.

Ich befand mich im Zug, der mich von der Stadt A. in die Stadt B. brachte. Die Stadt A. war mein Wohnort, und in der Stadt B. hatte ich wichtige Dinge zu erledigen.

»Was für ein Unsinn«, dachte ich. »Morgen, wenn ich bereits die wichtigen Dinge in der Stadt B. erledigt habe, wird mich dieser Zug zurück in die Stadt A. bringen. Aber ein Umzug in die Stadt B. würde nichts ändern, weil ich, wenn ich in der Stadt B. lebte, wichtige Dinge in der Stadt A. zu erledigen hätte. So oder so ist diese ganze Bewegung nur eine Illusion.«

Mich ergriff ein Ekel vor der Zivilisation und eine Sehnsucht nach der Natur. Die macht sich wenigstens nichts vor.

Dann wurde der Zug langsamer, und ich sprang hinaus, ohne weiter nachzudenken. Die nächsten Wagen zogen an mir vorbei, bis der letzte erschien und in der Ferne verschwand. Ich blieb allein. Irgendwelche Vögel zwitscherten, wahrscheinlich Lerchen. Sonst herrschte Stille. Von der Zivilisation befreit, zog ich los. Wiesen, Baumgruppen, und wenn ich an denen vorbei war, weiter nur Wiesen und Baumgruppen.

Wohin sollte ich gehen? Das einzige sichtbare Ziel waren die nächsten Baumgruppen hinter der nächsten Wiese. Doch wenn ich sie erreicht hätte, wäre es genau so eine Baumgruppe hinter genau so einer Wiese.

Ich setzte mich. Es stellte sich heraus, daß das Gras naß war. Aber ich war schon zu müde, um aufzustehen, und die Hose war sowieso durchnäßt.

Also drehte ich mich nur, immer im Wasser sitzend, mit dem Rücken zum Horizont, hinter dem Wiesen und Baumgruppen waren, und mit dem Gesicht zur anderen Seite, wo die Eisenbahngeleise waren.

Mir ist immer noch kalt und ich bin naß, genauso wie ich keine Kraft mehr habe, irgendwohin zu gehen, aber ich weiß wenigstens, daß dort entlang die Züge fahren.

Paranoia

Seit einiger Zeit fühle ich mich verfolgt. Überall fühle ich hinter meinem Rücken seine Gegenwart. Wohin auch immer ich gehe, er geht hinter mir her, und wenn ich zu Hause bin, lauert er im Toreingang gegenüber. Ihm scheint, daß ich ihn nicht sehe, aber ich sehe ihn sehr gut.

Es beunruhigt mich nicht, daß er ein Vogel ist, genauer gesagt ein australischer Straußenvogel. Schließlich ist der Surrealismus nichts Merkwürdiges mehr, wir haben uns daran gewöhnt. Es ist nicht einmal etwas Merkwürdiges, daß er mich verfolgt. Von einem Strauß verfolgt zu werden, ist ebenfalls normal. Was mich beunruhigt, ist der Verdacht, daß er kein Strauß ist, sondern jemand anderes, der sich als Strauß verkleidet hat. Weshalb hat er sich verkleidet? Darin steckt irgendein beunruhigendes Rätsel.

Einmal lauerte er wieder in der Torausfahrt auf der anderen Straßenseite, und ich stand am Fenster hinter der Gardine versteckt. Und ich sah, wie er aus der Toreinfahrt flog, nicht lief, sondern auf Flügeln flog, obwohl Strauße gewöhnlich nicht fliegen können, aber er flog mit weit ausgebreiteten Flügeln in den Himmel.

In der Torausfahrt erschien der Hauswart mit einer Flinte. Offensichtlich hatte er genug von dem Vogel im Hauseingang und wollte ihn verjagen. Und da erkannte ich in dem angeblichen Strauß – einen riesigen Geier.

Fernsehen

Ich ging zu einer Dame und fand einen gewissen Herrn bei ihr. Sie saßen zusammen auf dem Sofa und sahen fern.

»Kann ich mich dazusetzen?« fragte ich.

»Ein sehr uninteressantes Programm«, sagte der Herr. »Purer Zeitverlust. Da gehen Sie besser spazieren.«

»Ich bleibe«, entgegnete ich. »Ich bin nicht anspruchsvoll.«

Ich zog mir einen Sessel heran, und wir sahen zu dritt fern.

»Vielleicht haben Sie, als Sie von zu Hause weggingen, den Wasserhahn nicht zugedreht. Ich rate Ihnen, zurückzugehen und nachzusehen.«

»Unmöglich. Ich wohne zur Untermiete ohne Bad.«

»Dann haben Sie vielleicht das Fenster offen gelassen?«

»Das Fenster läßt sich sowieso nicht schließen, der Rahmen ist verzogen.«

Wir saßen weiter zu dritt da.

»Würden Sie nicht lieber ins Kino gehen?«

»Nein, ich ziehe Fernsehen vor.«

»Ich übernehme gern die Kosten, wenn Sie ins Kino gehen wollen.«

»Nein, fernsehen ist besser.«

Es verging noch ein Stündchen. Dann knackte was im Fernsehapparat und das Bild verschwand.

»Kaputt«, sagte die Dame, die Eigentümerin des Fernsehapparates.

»Und man kann ihn nicht reparieren?« fragte ich.

»Absolut nicht«, sagte der Herr.

»Schade. Na, dann ist es wohl Zeit für mich.«

Ich stand auf und verabschiedete mich. Ich mag Fernsehen wirklich sehr gern. Leider besitze ich keinen eigenen Fernsehapparat, also gehe ich zu Bekannten.

Was haben Sie denn gedacht, meine Damen und Herren?

Der Irrtum

Ich war verliebt. Und alles schien darauf hinzuweisen: nicht ohne Gegenliebe. Ich war also glücklich.

Aber ich traute dem eignen Glück nicht. Ich hatte nämlich keine sehr hohe Meinung von mir, und ich konnte nicht glauben, daß man mich so liebte wie ich war.

Vor allem gefiel mir meine Glatze nicht.

Eines Tages fand ich eine Anzeige in der Zeitung. Das dermatologische Institut versprach den Glatzköpfigen üppiges Haar, wenn sie sich einer entsprechenden Kur unterzogen.

Die Kur war teuer, aber effektiv. Wie toll fühlte ich mich, als ich zu einem Treffen mit meiner Geliebten ging – nun nicht mehr glatzköpfig, sondern ganz im Gegenteil.

Ich erwartete, sie würde mir in die Arme fallen. Nichts von alledem. Wir setzten uns auf eine Bank im Park. Es war ein Maiabend, der Flieder duftete, der Vollmond schien.

Einen Augenblick lang herrschte Schweigen.

»Weißt du, was ich an dir am meisten geliebt habe? Wenn sich der Vollmond in deiner Glatze spiegelte. Dann warst du so romantisch…«

Wir trennten uns bald darauf. Am nächsten Tag stellte sich heraus, daß es für immer war.

Der Sarg des Marschalls Tschajbolsan

Zu meinen Pflichten als Anfängerjournalist gehörte es, die Spalten der noch druckfeuchten Seiten zu lesen, letzte Korrekturen anzubringen und die Zeitung vor ihrem Erscheinen zu kontrollieren. Es war das Jahr 1951, die Geschichte ereignete sich in Polen, und lesen mußte man sehr aufmerksam. Der Kollege, der nicht bemerkte, daß im Wort ›Stalin‹ der Buchstabe ›r‹ den Buchstaben ›t‹ ersetzte, verschwand und tauchte nie wieder auf.

Zu jener Zeit hatte ich eine Freundin, deren Treue ich nicht sicher war, ich hatte den Verdacht, daß sie mich mit einem gewissen Menschen X betrog, und ich litt Qualen so wahnsinniger Eifersucht, wie man sie nur mit einundzwanzig Jahren empfinden kann.

Ich wußte nicht, wie meine Freundin ihre Nächte verbrachte, weil ich die Nächte in der Druckerei verbringen mußte. Es fiel mir sehr schwer, mich auf das Lesen der Zeitung zu konzentrieren.

Ich kam im Morgengrauen nach Hause und schlief bis zum Nachmittag. Sowohl im Schlaf wie im Wachen quälte mich die Eifersucht ebenso wie die Angst, daß ich, abgelenkt durch meine Eifersucht, einen Druckfehler oder auch eine Formulierung in der Zeitung übersehen könnte, was dann als politische Sabotage angesehen würde. Beim Aufwachen horchte ich, ob man schon Schritte auf der

Treppe hörte, und wenn sie zu hören waren, erwartete ich, jeden Augenblick verhaftet zu werden.

Unsicherheit ist sowohl die Mutter der Angst, als auch der Eifersucht.

Notwendigerweise las ich alles, was in meiner Zeitung gedruckt wurde, vom ersten Buchstaben der ersten Überschrift bis zum letzten Punkt auf der letzten Seite. Ich las also auch solche Pressemitteilungen, die ich – ähnlich wie die normalen Zeitungsleser – freiwillig nicht gelesen hätte. Und so erfuhr ich vom Marschall Tschajbolsan.

Damals war in Moskau der Würdenträger der Mongolischen Volksrepublik, Marschall Tschajbolsan, gestorben. Die Beerdigungsfeierlichkeiten fanden zunächst im Kreml statt, dann brachte ein Sonderzug seine sterblichen Überreste in die heimatliche Mongolei.

Wie sich aber ein paar Nächte später erwies, war das kein normaler Leichentransport, sondern eine Manifestation der unverbrüchlichen Freundschaft des mongolischen und der sowjetischen Völker, der unantastbaren Einheit der Sowjetunion unter der Führung der Partei wie der Ehre und der Verbundenheit der arbeitenden Massen mit eben diesem großen Führer. Außer dem Sarg fuhren in diesem Zug noch Mitglieder des Zentralkomitees, Regierungsvertreter, Würdenträger und kleinere Delegationen mit. Der Zug hielt in jeder großen Stadt an, damit die Einwohner, die in Massen auf die Bahnhöfe kamen, ihrer tiefen Trauer anläßlich des Todes des Marschalls Tschajbolsan Ausdruck geben und bei dieser Gelegenheit die oben erwähnten Axiome manifestieren konnten.

Jede Nacht, oder alle paar Nächte, abhängig von der

Entfernung zwischen den Städten, wartete auf mich eine Nachricht in der Druckerei, die unverändert mit den Worten begann: »Der Zug mit der Leiche des Marschalls Tschajbolsan kam in...« und hier folgte der Name der nächsten Stadt, wo er angekommen war. Nur die Namen der Städte änderten sich, der Rest der Depesche lautete immer gleich: »...dessen Bevölkerung damit ausdrückte...« und so weiter. In meinem persönlichen Leben dagegen klärte sich nichts. Wurde ich betrogen?

Wahrscheinlich. Aber mit Sicherheit? Nein, ich war nicht sicher.

Die Sowjetunion ist ein sehr großes Land, von Moskau in die Mongolei ist es weit, der Zug mit der Leiche des Marschalls Tschajbolsan war schon durch Rußland und die Baschkirische Region, durch den Ural, war an Swerdlowsk, Omsk vorbei und näherte sich Nowosibirsk, und dabei erwartete ihn noch ein langer Weg von Krasnojarsk durch das Irkutsker Gebiet am Ufer des Baikal und der Kjachta entlang.

Zu Anfang haßte ich den Zug wegen seiner hartnäckigen gespenstischen Inkongruenz zu meinem Leben. Jeden Abend ging ich in die Druckerei, obwohl ich lieber woanders hingehen wollte, und da wartete auf mich immer die Nachricht vom Sarg des Marschalls Tschajbolsan. Die ging mich überhaupt nichts an, aber den Fahrplan mußte ich so genau studieren, wie ich nur den Stundenplan meines geliebten Mädchens studieren wollte. Mit der Zeit aber begann die Regelmäßigkeit dieser Reise, selbst ihre Monotonie, beruhigend auf mich zu wirken. Was auch immer mit mir geschah, ich konnte sicher sein, daß der Sarg des

Marschalls Tschajbolsan zur nächsten Station gelangt war, und von vornherein wußte ich, wie er dort empfangen würde. Das war damals die einzige Sicherheit in meinem Leben.

Eines Abends, als ich wie immer durch die Planten – so nennt man in Krakau einen grünen Ring, der nach dem Muster des Wiener Rings die Innenstadt umgibt – zur Druckerei ging, sah ich sie auf einer Bank einer Seitenallee sitzen: den gewissen X und meine Freundin. Sie befanden sich in einer Situation, die man vierzig Jahre später als »soft porno« bezeichnet hätte. Ich durfte nicht zu spät in die Druckerei kommen, und das erlaubte mir, mich ungesehen von ihnen zurückzuziehen, ohne Beeinträchtigung meiner Ehre, zumindest dem äußeren Anschein nach.

In der Druckerei stellte sich heraus, daß der Sarg des Marschalls Tschajbolsan am Ziel seiner Reise angelangt war. Ich traute meinen Augen nicht, denn ich hatte schon aufgehört, daran zu glauben, daß ich mich je von ihm trennen würde; ich las, daß »... die Bevölkerung von Ulan-Bator ihren Helden verabschiedete. Am Begräbnis nahmen teil...« und so weiter.

Als ich im Morgengrauen nach Hause zurückkehrte, ging ich in jene Seitenallee, natürlich war die Bank längst leer. Ich setzte mich darauf, obwohl sie naß vom Nebel war. Und ich dachte bei mir, daß der Marschall Tschajbolsan angelangt war, weil er wußte, daß ich ihn nicht mehr brauchte.

Die Baskenmütze

Ich beschloß, Fallschirmjäger zu werden. Zu diesem Zwecke kaufte ich mir eine Baskenmütze, so eine, wie unsere Soldaten der Sondereinheiten sie tragen.

Als ich mit jener Baskenmütze auf dem Kopf das Geschäft verließ, spürte ich die Blicke der Passanten auf mir. Meine Baskenmütze machte sie neugierig. Vorher hatte mich nie jemand beachtet, aber jetzt – dank der Baskenmütze – was für eine Veränderung!

Die Männer sahen mich mit Neid und Achtung an, die Frauen kokett. Es ist bekannt, daß Fallschirmjäger die Elite der Männlichkeit sind, die stärksten und mutigsten Jungs von allen.

Dann riß mir der Wind die Baskenmütze vom Kopf. Ich begann ihr nachzulaufen, aber ich bekam Atemnot und konnte sie nicht einholen. Die Baskenmütze rollte die Parkallee entlang, zwischen herbstlichen Blättern, die der Wind wegfegte. Ich immer hinterher, aber immer noch nicht schnell genug, denn außer der Atemnot bekam ich Seitenstechen.

Auf der Bank saß eine junge Frau, daneben spielte ein Kind. Die Frau sagte zu dem Kind: »Gib dem Onkel die Baskenmütze.«

Das Kind rannte der Baskenmütze hinterher und brachte sie mir gehorsam.

Ohne zu danken, steckte ich die Baskenmütze in die Tasche, drehte mich um und ging dahin, woher ich gekommen war.

Der Nobelpreis

Ein Dichter, ein Nobelpreisträger, kam zu uns zu einer Begegnung mit dem Publikum. Das war eine große Ehre, weil es ein berühmter Dichter war und wir eine kleine Stadt sind. Also gab es zahlreiche Ansprachen und ein Orchester für den Empfang und danach ein Festessen im blumengeschmückten Saal.

Während des Festessens spürte der Dichter das Bedürfnis, auf die Toilette zu gehen und ging hinaus. Irgendwie kam er lange nicht zurück. Schließlich ging der Bürgermeister persönlich hinaus, um nachzusehen, ob ihm nicht etwa übel geworden wäre.

In dem Toilettenvorraum fand er die Klosettfrau und den Nobelpreisträger.

»Ich lasse ihn nicht rein!« rief die Klosettfrau dem Bürgermeister zu. »Er hat kein Kleingeld.«

»Aber gute Frau, er hat den Nobelpreis!«

»Das hat er mir eben selber gesagt. Ich würde ihn ja sogar ohne Bezahlung reinlassen, ein alter Mann, da habe ich Mitleid. Aber nachdem er gestanden hat, daß er diese Krankheit hat, laß ich ihn niemals rein! Was denn, daß er mir die anderen Kunden ansteckt? Wenn er den Nobel hat, dann soll er zum Arzt gehen und nicht in anständige Toiletten kommen.«

Es war nichts zu machen, und der Nobelpreisträger

mußte in die Büsche gehen. Er sagte zwar, es mache ihm nichts aus, aber er war wohl doch beleidigt.

Als er abgereist war, kündigte man der Frau die Stellung. Jetzt arbeitet ein junger gebildeter Mann mit Universitätsbildung dort, belesen, er weiß, was Nobelpreis bedeutet. Nur ist es ungewiß, ob noch einmal irgendein Nobelpreisträger zu uns kommen wird.

Das Heft

Am Anfang des Schuljahres kaufte ich mir ein Heft. Das Heft war wunderschön: ein glänzender Umschlag und ausgezeichnetes Papier. Auf die erste Seite schrieb ich: IM NAMEN GOTTES.

Mein Schulkamerad kaufte sich ein gewöhnliches Heft: ein grauer Umschlag, mittelgutes Papier. Auf die erste Seite schrieb er: MATHEMATIKHEFT.

Wir notierten die erste Unterrichtsstunde in unseren Heften. Die zweite schrieb er allein mit. Ich nicht mehr, weil mich die Mathematik langweilte.

Bei den nächsten Stunden schrieb ich mit, manchmal auch nicht, abhängig von Anwandlungen starken Willens.

Der Schulkamerad schrieb alle Lektionen systematisch mit.

Bald verstand ich nichts mehr von meinen gelegentlichen Aufzeichnungen. Ich warf also das alte Heft weg und kaufte mir ein neues, noch schöneres. Auf die erste Seite schrieb ich in Schönschrift: IM NAMEN GOTTES, WAHRHAFTIG.

Dann borgte ich mir das Heft vom Kollegen und begann, seine Aufzeichnungen abzuschreiben. Ich konnte ja die laufenden Lektionen nicht mitschreiben, so lange ich die vorherigen noch nicht fertig abgeschrieben hatte. Und ich konnte die vorherigen nicht abschreiben, weil man die laufenden mitschreiben mußte. Deshalb ging ich ins Kino.

Es näherten sich das Ende des Schuljahres und die Prüfungen, für die ich nicht vorbereitet war. Man mußte also radikal handeln. Ich warf das alte Heft weg, und kaufte ein neues, das allerschönste, das ich finden konnte und schrieb auf die erste Seite: IM NAMEN GOTTES, WAHRHAFTIG, ENTSCHIEDEN UND UNWIDERRUFLICH.

Dann borgte ich mir wieder das Heft des Kameraden, aber ich habe es sofort verloren.

Das macht nichts, denn bald fangen die Ferien an.

Salto mortale

Ich ging am Fenster des Erdgeschosses vorbei und bemerkte eine Anzeige, ein Pappschild hinter der Scheibe, auf dem mit Bleistift geschrieben stand: »ICH MACHE EINEN SALTO MORTALE, TÄGLICH ZWISCHEN 9.00 UHR UND 9.30 UHR. FÜR JUGENDLICHE UND MILITÄRS ERMÄSSIGUNG. LINKE TÜR, BITTE EINTRETEN OHNE ZU KLOPFEN.«

Ich ging hinein. Auf dem Bett lag ein alter Mann. Bei meinem Anblick hob er den Kopf aus den Kissen.

»Entschuldigen Sie, ist hier der Zirkus?«

»Ja.«

»Aber das muß ein Irrtum sein!«

»Kein Irrtum. Setzen Sie sich.«

Ich setzte mich auf einen der Stühle, die an der Wand standen, gegenüber dem Bett.

»Sind Sie vom Militär?«

»Nein.«

»Jugendlicher?«

»Nein, Zivilist im mittleren Alter.«

»Entschuldigen Sie, aber ich sehe nicht gut ohne Brille. Dann zahlen Sie also den vollen Betrag.«

»Aber ...«

»Aber erst nach der Vorstellung.«

»Wenn das hier ein Zirkus und ein Salto mortale sein soll, wo ist dann das Trapez?«

»Ein Trapez wird nicht gebraucht, ich mache den Salto mortale ohne Trapez, das Bett genügt.«

Ich stand auf, weil ich dachte, daß ich es mit einem Geisteskranken zu tun hatte.

»Aber bleiben Sie doch! Sie denken, ich sei verrückt? Nichts dergleichen. Worum geht es vor allem? Um den Salto mortale. Sie wollen einen Salto mortale sehen und Sie werden einen sehen. Ein Trapez, ein Orchester, Scheinwerfer, das alles ist zweitrangig. Sie sehen, daß ich alt und herzkrank bin, für mich ist aus dem Bett zu steigen dasselbe wie für einen Akrobaten, einen Salto mortale auf dem Trapez auszuführen, genauso gefährlich, und genauso kann es jedes Mal das letzte Mal sein. Also?«

Ich setzte mich.

»Wir warten einen kleinen Augenblick. Vielleicht kommt noch jemand.«

Wir warteten schweigend.

»Na, dann fangen wir an.«

Ich erhob mich vom Stuhl, um ihm zu helfen. Er hielt mich mit einer Handbewegung zurück.

»Ich kann das allein. Haben Sie je gesehen, daß einer aus dem Publikum einem Artisten geholfen hat?«

Ich schloß die Augen. Als ich sie wieder aufmachte, stand er schwer atmend neben dem Bett.

»Voilà!« sagte er und taumelte.

Ich sprang auf, warf einen Geldschein auf den Tisch und lief in das Treppenhaus.

»Und der Applaus? Wo ist mein Applaus?« hörte ich, wie er mir nachrief.

Ich lief auf die Straße.

Umfrage

Ich kam aus dem Supermarkt, da fragte mich das Fernsehen: »Gibt es einen Gott oder nicht?«

»Das sage ich Ihnen gleich«, sagte ich zu dem mit dem Mikrofon. »Ich kämme mich nur mal.«

Ich zog einen Kamm aus der Tasche und kämmte mich. Dann fiel mir ein, daß ich einen Pickel auf der Nase hatte.

»Vielleicht ist es besser im Profil?« sagte ich zu dem mit der Kamera.

Ich stellte mich im Profil zur Kamera.

»Und wenn ich nun schnell nach Hause liefe und mich etwas kleidsamer anzöge? Ich wohne nicht weit weg.«

Sie antworteten nicht. Ich drehte mich also um und sah, daß sie schon gar nicht mehr da waren. Jetzt befragten sie bereits irgendeine Frau.

Ich wollte mich dazwischen schieben, dieses Weib wird mir doch nicht meinen Auftritt im Fernsehen vermasseln, aber ich hatte die Frage vergessen, und so ging ich nach Hause.

Versicherung

Meine Unruhe wuchs in dem Maße, wie ich mich der Stelle näherte, wo der Wald am schwärzesten ist. Angeblich lauerten hier Räuber.

Ich hatte den gefährlichen Ort bereits hinter mir gelassen, als drei Männer sich mir in den Weg stellten.

»Sie sind Räuber?« fragte ich.

»Wir? Nichts dergleichen. Forstpersonaldienst.«

Ich atmete erleichtert auf.

»Aber da Sie das schon erwähnen, hier laufen tatsächlich verschiedene Typen herum. Wir schlagen Ihnen vor, daß Sie uns Ihr Bargeld zur Aufbewahrung geben. Warum ein Risiko eingehen?«

Ich gab ihnen alles, was ich hatte, dann setzte ich sorglos meinen Weg fort. Ansonsten hat mich niemand mehr belästigt, von Räubern keine Spur.

Aber ich bin schließlich auch ein vorsichtiger Mensch.

Realistische Wirklichkeit

Einmal, als ich die Zeitung las und der Hund zu meinen Füßen lag, war plötzlich das Miauen einer Katze zu hören, direkt neben mir. Ich wunderte mich, weil ich keine Katze in meinem Haus hatte. Ich sah den Hund an, aber der reagierte nicht, offensichtlich hatte er nichts gehört. Aber war das möglich, daß er nichts gehört hatte? Nein. Ob er nur so tat, als ob er nichts hörte? Unsinn, wieso sollte er so tun als ob. Aber wieso war er dann rot geworden?

Ich hätte diesen Vorfall vergessen, wenn mein Hund nicht ein paar Tage später auf dem Spaziergang auf einen Baum geklettert wäre. Als er bemerkte, daß ich ihn beobachtete, sprang er herunter und lief zu den anderen Hunden. Die aber verhielten sich ihm gegenüber feindlich.

Das waren aber noch überhaupt keine Beweise. Schließlich war er nicht sehr hoch geklettert, und die Feindseligkeit der anderen Hunde konnte die verschiedensten Gründe haben.

Ich ging mit ihm zum Tierarzt.

»Untersuchen Sie ihn bitte, ich möchte gern wissen, ob das ein Hund oder eine Katze ist.«

»Heute habe ich keine Sprechstunde mehr. Bittte kommen Sie ein anderes Mal vorbei.«

»Wann?«

»Ich weiß nicht, ich bin sehr beschäftigt.«

Entweder dachte er, ich sei verrückt geworden, oder die Wirklichkeit ist nicht so eindeutig, wie es uns scheint. Ich wollte damit aber keine Probleme haben, verkaufte also den Hund und kaufte mir einen Affen.

Am nächsten Tag war der Affe verschwunden. Ich fand ihn erst nach langem Suchen. Er saß auf meinem Sessel und las *Die Phänomenologie des Geistes* von Hegel.

Ich warte, bis er das Buch ausgelesen hat, und dann werde ich mit ihm diskutieren.

Selbstverständlich nur, wenn sich herausstellt, daß ich nicht er bin, und er nicht ich ist.

Das Interview

Ich klopfte an die Tür des Ateliers und hörte ›Herein bitte!‹ Das Glasdach irgendwo hoch oben ließ wenig Licht herein, da es vom Großstadtdreck verschmutzt war. Fenster in den Wänden gab es nicht. Im Halbdämmer rutschte ich auf irgendwas aus und wäre fast hingefallen. Ich hörte eine Stimme: »Sie sind auf meinem Lebenswerk ausgerutscht.«

»Übertriebene Bescheidenheit, Maestro.«

»Absolut nicht, und ich werde Ihnen das gleich erklären«, sagte der Greis, der in eine Decke gewickelt im Sessel saß. »Als ich jung war, meißelte ich das Denkmal des Alls und damals hätten Sie nichts riskiert. Die riesige Skulptur war abstrakt und füllte verständlicherweise das ganze Studio aus bis hoch zum Dach.«

»Und was ist mit ihr passiert?«

»Sie sollten eher fragen, was mit mir passiert ist: Nun ja, ich habe meine Ansichten geändert, bin von der Metaphysik zu Geringerem übergegangen und habe das All zu Karl Marx umgearbeitet. Natürlich eine figürliche Skulptur, immer noch sehr groß, aber sie reichte nur bis dahin, wo Sie jetzt die Flecken an der Wand sehen.«

»Haben Sie sie auch …«

»Sie haben es erraten. Ich habe sie zu einem Werk mit dem Titel ›Die Menschheit als solche‹ umgearbeitet, ohne jede Ideologie. Verhältnismäßig klein, auch schon aus technischen Gründen, ich mußte während der Umarbeitung viel abschlagen. Abstrakt, versteht sich. Sie reichte nur bis zu diesem Gasrohr, unterhalb der Flecken.«

»Und dann?«

»Die Enttäuschung über die Menschheit und etwas wesentlich weniger Ehrgeiziges.«

»Und dieses Werk haben Sie jetzt wiederum…«

»Es gibt kein ›wiederum‹ mehr, das ist mein letztes und endgültiges Werk, es ist hier.«

»Entschuldigen Sie, aber ich sehe nichts.«

»Dann suchen Sie es bitte.«

Ich ließ mich auf alle Viere nieder und fand im Dunkeln eine Kugel aus Marmor.

»Was für ein Titel?«

»›Etüde zu Ehren des Ping-Pong‹.«

Ich stand auf.

»Ich bedanke mich sehr für das Interview und wünsche Ihnen weiteren Erfolg.«

»Nichts zu danken«, antwortete der Maestro.

Antoni

In diesem Jahr beschloß ich, meinen Namenstag, der auf den 13. Juni fällt, dem Tag des Antoni, nicht zu feiern. Aber wie macht man das? Selbst wenn ich meine Bekannten vorwarne, kommen sie doch, zwingen mich zu trinken, essen, zu Gesängen auf meine Kosten. Sich zu Hause einschließen? Sie schlagen die Tür ein, graben sich durch den Keller. So tun, als ob ich krank sei? Sie zerren mich aus dem Bett und befehlen mir, Spiritus zu trinken. Nur eine Flucht konnte mich retten.

Am 13. Juni schlich ich mich in der Morgendämmerung aus dem Haus und versteckte mich in den tiefen Wäldern. Im Rucksack hatte ich ein bißchen was zu essen und gewisse Vorräte. Um mich herum lockte die zauberhafte Natur mit Tausenden von Wundern. Sonne, Vögel, Grün, und das wichtigste: überhaupt keine Menschen. Zum ersten Mal in meinem Leben ein gesund, angenehm, kultiviert verbrachter Namenstag.

Ungefähr gegen neun Uhr traf ich einen mageren, unrasierten Mann in einem dunkelblauen zerknitterten Anzug. Er stellte sich mir vor.

»Ich heiße Robert, siebten Juni, sehr angenehm. Und Sie sind wer, Bogumil?«

»Nein, ich heiße Antoni, der dreizehnte. Bogumil war am zehnten.«

»Was Sie nicht sagen! Schon der dreizehnte? Ich wußte nicht, daß ich schon so lange hier sitze. Was meinen Sie, kann man schon nach Hause zurück?«

»Wahrscheinlich schon, die Gäste sind jetzt mit mir beschäftigt, mit Antoni, am dreizehnten.«

»Aha, fast hätte ich es vergessen. Herzliche Glückwünsche, alles Gute. Haben Sie nichts zu trinken? Ich habe versucht, Alkohol aus den Bäumen zu saugen, aber ergebnislos.«

»Herzlichen Dank«, antwortete ich finster. »Natürlich habe ich was, aber nicht viel. Ich wünsche Ihnen ebenfalls aufrichtig, wenn auch verspätet...«

Gegen Nachmittag trafen wir noch einige Antonis und wir bildeten eine Gruppe. Robert ging mit uns.

Der alte Förster informierte uns, daß die meisten Antonis im Wäldchen neben dem See seien. Tatsächlich, als wir uns dahin durchschlugen, trug der Wind uns Fetzen des bekannten Liedes ›Hundert Jahre soll er leben‹ zu. Wir fanden eine große Gruppe von Antonis, ungefähr zwanzig stattliche Exemplare, die sich auf der Lichtung versammelt hatten. Sie brannten Schnaps aus Maiglöckchen. Robert sagte: »Na, dann bleibe ich noch ein bißchen bei euch.« Und setzte sich.

Die gegenseitigen Glückwünsche, Toaste und im Chor gesungenen Lieder nahmen kein Ende. Nie in meinem Leben habe ich einen so rauschenden Namenstag erlebt. Allmählich wurden wir immer mehr. Etwa dreißig Personen, und das nur Antonis, nur Namenstagskinder, ohne alle Gäste, Robert nicht gerechnet natürlich. Aber der hatte sich uns von ganzem Herzen genähert.

Gegen Abend rief jemand: »Meine Herren! Am See zelten die Lucjanas. Die feiern auch am dreizehnten!«

»Lucjana spuckt uns schon nicht an«, sangen wir und rückten vor zum See, um die Lucjanas zu finden. Robert mit uns.

Die Vorsehung wollte es so, daß ich die Richtung verfehlte und Jolanta traf. Denn es war schon der fünfzehnte Juni.

Der Emigrant

Während meiner Forschungen über die Meeresflora befand ich mich auf dem Beringmeer, das sich bekanntermaßen zwischen Alaska und Kamtschatka erstreckt. Dort stießen wir auf ein kleines Floß, auf dem ein Mensch war. Als unser Forschungsschiff genügend nah herangekommen war, stellte ich fest, daß es ein blonder Mann mit hohen Backenknochen war, was auf seine osteuropäische Abstammung schließen ließ. Auf dem Floß befand sich ein Pappkoffer und eine Stange Zigaretten einer mir unbekannten Marke. Der blonde Mann ruderte energisch in Richtung Westen.

»Ahoi! Sind Sie Schiffbrüchiger?«

»Nein, Emigrant.«

»Und wohin emigrieren Sie?«

Er sah mich mitleidig an, wie jemanden, der die grundsächlichsten Dinge nicht weiß.

»Na, wohin wohl; dahin, in den Westen.«

»Wenn das so ist, dann sind Sie auf gutem Wege. Hinter diesem Horizont befindet sich Kamtschatka, danach kommt Sibirien und die ganze schöne und fruchtbare Sowjetunion. Und wenn Sie noch ein bißchen weiter wollen, dann stoßen Sie auf Polen.«

»O Jesses! Ich bin abgetrieben!« rief er und begann, in die entgegengesetzte Richtung zu rudern.

Pyton Podhala

Es tauchten Plakate auf, daß Pyton Podhala, der Meister des Reißens und Drückens, ein bekannter Kraftmensch, im Rahmen der Sportkulturverbreitung zu uns kommen sollte. Das Programm verkündete verschiedene Nummern, unter anderem das Zerfetzen einer Tomatensuppe mit den Zähnen. Das verwunderte uns ein bißchen, denn das kann doch jeder. Trotzdem war die Neugier groß.

Er kam tatsächlich gegen Mittag und ging erst einmal in die Kneipe, denn sein Auftritt war erst am Abend. Wir kamen und starrten: Da saß ein alter, sogar behäbiger und breithüftiger Mann, aber daß was Besonderes an ihm war, konnte man nicht behaupten.

»Irgendwie schmächtig«, bemerkte der Buchhalter. »Der stemmt höchstens hundert Gramm*, und die verschüttet er noch.«

»Das ist kein Beweis, daß er schmächtig ist«, widersprach der Referent. »Er verschüttet sie, weil seine Hände zittern, das ist normal, aber Kraft kann er trotzdem haben. Ich habe gelesen, daß man die Kraft jetzt nicht mehr in den Muskeln, sondern in den Drüsen hat.«

»Iii-wo … was kann der schon für Drüsen haben«, sagte der Buchhalter stur. »In seinem Alter …«

* In Polen werden Spirituosen nach Gramm ausgeschenkt.

»Dafür hat er Erfahrung. Du brauchst nur zu gucken, wie er ißt.«

Es kam also zu einer Meinungsverschiedenheit. Die einen behaupteten, er entspreche nicht den Anforderungen, die man an einen Athleten stellt, die anderen, doch, das täte er, warum nicht. Schließlich beschloß der Buchhalter zu beweisen, daß er recht habe. Er ging zu Pyton Podhala und versetzte ihm einen noch nicht einmal sehr harten Schlag auf das linke Ohr. Der Athlet und Sportkünstler fiel ohne jede Gegenwehr unter den Tisch.

»Habe ich es nicht gesagt?« rief der Buchhalter triumphierend. »Das soll Pyton Podhala sein!? Das ist höchstens eine Ringelnatter.«

»Ist das vielleicht eine Art und Weise, einen Künstler zu schlagen?« fragte der Greis, als er unter dem Tisch hervorkroch. »Ich komme hierher, um die Kultur des Sports zu verbreiten und Sie schlagen mir aufs Ohr?«

»Was sind Sie denn für ein Kraftmensch, Herr Pyton«, entgegnete darauf der Buchhalter, »wenn Sie ein einfacher Buchhalter-Amateur umlegt?«

»Sie sind lächerlich. Wer hat Ihnen denn gesagt, daß ich nicht umfalle? Ich bin hier dienstlich hergekommen, verstehen Sie? Ich bin ein staatlicher Kraftmensch, kein privater. Sie wollen ein Buchhalter sein, auch im Staatsdienst, und kennen das Leben nicht?«

»Oh, da bitte ich um Entschuldigung«, sagte der Buchhalter. »Ich dachte, daß Sie ein Profi-Athlet sind, von Hause aus.«

»Von Haus aus bin ich ein Buchhalter, aber ich arbeite etatmäßig als Athlet. Ist das klar?«

»Natürlich ist das klar!« rief der Buchhalter aus. »Das hätten Sie gleich sagen sollen!«

Und den Rest des Nachmittags verbrachten sie gemeinsam wie zwei alte Freunde.

Denn unser Buchhalter war von Hause aus, von seiner Ausbildung her Zirkusarbeiter.

Das Vaterherz

Am Ostersamstag nachmittags saßen wir alle am gedeckten Tisch und warteten auf Papa. Papa war schon früh aus dem Hause gegangen, um ein Gipslamm für den Ostertisch zu besorgen.

Gegen Abend kam Papa in Begleitung eines außerordentlich unrasierten Herrn.

»Ein Lamm habe ich nicht bekommen«, sagte Papa, »aber macht euch keine Sorgen, Kinder. Dieser Herr behauptet, daß er Hammel heißt. Ich habe ihn beim Mittagessen kennengelernt, und er war bereit, mit mir zu kommen. Wir setzen ihn auf den Tisch, und alles wird traditionell wie immer an Ostern sein.«

Mama antwortete ihm, daß sie das niemals erlauben werde. Darauf Papa: »Hast du kein Herz für die Kinder? Möchtest du, daß sie ohne Traditionen aufwachsen? Außerdem kann er ja die Schuhe ausziehen.«

Herr Hammel stand auf der Seite und verbeugte sich höflich. Wir setzten ihn also hin, aber nicht auf den Tisch, weil Mama das nicht erlaubte, sondern auf die Anrichte neben die Torte. Mama machte sich Sorgen, ob er die Torte nicht mit irgendwelchen Bakterien infizieren würde, aber Papa sagte, er sei bereits gut desinfiziert.

»Herr Hammel«, sagte Papa zu ihm. »Sie werden hier ein, zwei Stündchen sitzen, nur bitte baumeln Sie nicht mit den Beinen, weil Sie die Politur beschädigen. Wir werden Ihnen jetzt als Dekoration ein bißchen Brunnenkresse umhängen. Die Kinder brauchen ein Fest mit Tradition.«

Wir setzten uns also an den Tisch und begannen uns ›Schöne Ostern‹ zu wünschen, wie das zu Ostern so üblich ist.

Herr Hammel saß eine Zeitlang ruhig da, aber dann fing er an zu zappeln und warf die Torte runter.

»Rühren Sie sich nicht, haben Sie schon mal gesehen, daß ein Osterlamm einen Kuchen runterwirft?«

Herr Hammel rief Papa zu sich und flüsterte ihm was ins Ohr.

»Ausgeschlossen«, sagte Papa. »Wodka bekommen Sie jetzt nicht.«

»Dann gehe ich!« drohte Herr Hammel.

»Na gut, nichts zu machen, ich tue das für die Kinder«, sagte Papa und stellte eine Karaffe mit Kirschlikör neben ihn. »Das Vaterherz!«

Nach einiger Zeit hatte Herr Hammel die Karaffe geleert und forderte erneut Wodka. Papa begann ihn anzuflehen.

»Herr Hammel, bleiben Sie noch ein bißchen sitzen. Die Kinder müssen eine lichte Kindheit haben, aber wir haben keinen Kirschlikör mehr.«

»Was?« rief Herr Hammel. »Na, dann krieche ich hier runter. Und hier ist mein Personalausweis. Ich heiße überhaupt nicht Hammel.«

Und er sprang von der Anrichte.

Papa sitzt wegen Körperverletzung im Gefängnis. Er kommt erst zum nächsten Osterfest raus.

Der Karpfen

Man mußte für die Feiertage einen Karpfen kaufen. Um den Karpfen am Leben zu erhalten, mußte man ihn in der Badewanne schwimmen lassen. Um den Karpfen in der Badewanne schwimmen lassen zu können, mußte man die Kohle aus der Badewanne entfernen. Die Kohle konnte man im Flur stapeln, aber was macht man dann mit den Kartoffeln? Wir grübelten und grübelten, schließlich fand die Schwiegermutter eine Lösung: die Kartoffeln in die Küche, die Kohle auf den Flur und den Karpfen in die Wanne. Gut, aber was macht man dann mit den Kaninchen? Die müssen raus aus der Küche, natürlich. Leicht gesagt, aber wohin. Wir beratschlagten und beratschlagten, schließlich lief es darauf hinaus, daß die Kaninchen in den Keller kamen. Aber im Keller ist der Großvater. Was machen wir mit dem Großvater? Man könnte ihn dahin stellen, wo der Fernseher steht, aber wohin dann mit dem Fernseher? Man könnte den Fernseher dahin stellen, wo das Klappbett des Untermieters steht. Aber wo legen wir dann den Untermieter hin? Der Untermieter könnte in der Badewanne schlafen, aber da befindet sich ja bereits der Karpfen.

Was also war zu tun? Eine ausweglose Situation. Die Feiertage standen vor der Tür, und den Karpfen konnten wir nirgends unterbringen. Wir haben hin und her überlegt, aber es kam nichts dabei heraus. Ein echtes Dilemma.

Erst ein Zufall kam uns zu Hilfe. Als ich einmal früher nach Hause kam, stellte ich fest, daß der Untermieter mit meiner Frau schlief – auf meinem Platz.

Angesichts dessen brachte ich die Kohle auf den Flur, die Kartoffeln vom Flur in die Küche, die Kaninchen aus der Küche in den Keller, den Großvater aus dem Keller dorthin, wo der Untermieter schlief und den Fernseher dahin, wo vorher der Untermieter geschlafen hatte.

Und wo ich bleibe? fragt ihr. Was wird mit mir?

Ich? Ich stehe sowieso in der Schlange nach einem Karpfen.

Gerechtigkeit

Nowosądecki, Majer und ich gingen zum früheren Leiter. Er saß da in Unterhosen und machte Feuer im Ofen, obwohl es ein heißer Sommer war.

»Womit kann ich dienen?« fragte er.

»Wir kommen als Delegation.«

»Ich bin beschäftigt.«

»Aber wir sind hier im Namen der Gesellschaft.«

»Ich bin auch im Namen der Gesellschaft hier.«

»Einen Ofen zu heizen, ist eine private Beschäftigung.«

»Das kommt drauf an«, antwortete er da und stopfte einen Haufen amtlicher Papiere in den Ofen. Ein ganzer Stapel davon lag auf dem Boden, jedes Schriftstück hatte einen Stempel ›Streng geheim‹.

»Sie sitzen hier ganz privat, ohne Jackett, aber wir haben eine öffentliche Angelegenheit zu regeln.«

»Eine gesellschaftliche«, präzisierte Majer.

»Eine nationale«, ergänzte ich.

»Also bitte.«

»Wir sind hier, um Sie aufzuhängen, Herr Leiter.«

»Irrtum, ich bin nicht mehr der Leiter. In der Angelegenheit des Aufhängens wenden Sie sich bitte an meinen Nachfolger.«

»Er hat recht«, sagte Nowosądecki zu Majer. »Warum nennst du ihn noch Leiter?«

»Aus Gewohnheit. Ich wollte sagen, wir sind gekommen, dich aufzuhängen, du Schwein.«

»So ist es, du hast uns lange genug gequält.«

»Du, deine Partei und deine Regierung.«

»Jetzt ist eure Macht zu Ende.«

»Und die Stunde der Gerech…«

Majer verstummte mitten im Wort. Wahrscheinlich wollte er ›Gerechtigkeit‹ sagen, aber er beendete es nicht. Er starrte auf den Stapel Papier auf dem Boden, oder genauer gesagt auf eine Handschrift, die oben drauf lag.

»Es ist hier wirklich sehr heiß«, ließ er sich wieder vernehmen, aber schon mit ganz anderer Stimme. »Kann ich mein Jackett ausziehen?«

»Bitte sehr«, der Hausherr war einverstanden. Dann nahm er das Blatt mit der Handschrift vom Stapel und warf sie ins Feuer. Majer atmete erleichtert auf.

»Vielleicht könnte man das auch verbrennen«, schlug Nowosądecki vor und zog einen dicht beschriebenen Bogen aus dem Stapel.

»Aber selbstverständlich.«

Nowosądecki wischte sich den Schweiß von der Stirn. Das Jackett hatte er schon vorher ausgezogen, ohne um Erlaubnis zu fragen.

»Und Sie?« wandte sich der Hausherr an mich.

Ich zog das Jackett aus und machte mich an die Arbeit. Schließlich fand ich das, was ich suchte: das alte Schriftstück, in dem ich Majer und Nowosądecki denunziert hatte. Als es verbrannte, sah Nowosądecki an die Decke und Majer zu Boden.

»Wollen Sie nicht die Hosen ausziehen?«

»Nein, wir gehen schon, wir wollten nicht stören.«

Wir gingen gemeinsam hinaus. Erst auf der Straße trennten wir uns schweigend. Wir gingen zwar in verschiedene Richtungen, aber symmetrisch.

Der Neuling

Ich ging zum ersten Mal zu dem Amt, in dem ich arbeiten sollte. Ich spürte, daß es etwas schwül war, also sage ich: »Kollegen, erlauben Sie, daß ich das Fenster öffne. Es ist Frühling und warm und hier sammeln sich die Bazillen groß wie Kinderköpfe.«

Darauf antworteten die: »Das ist verboten.«

Ich schwieg und machte mich an die Arbeit. Ich sah mich um, und hier auf dem Schreibtisch waren Krankheitserreger so groß wie Wassermelonen.

»Vielleicht könnte man doch ein kleines Fenster öffnen«, sage ich. »Da könnte man rausspucken und vielleicht kommt gerade ein Umzug vorbei...«

Darauf die wieder, daß es nicht erlaubt sei.

Schließlich hielt ich es nicht mehr aus und öffnete, ohne zu fragen, das Fenster. Sofort erhob sich ein Gepolter und Getöse, die Tür des Direktors ging auf und der Direktor, unser Chef, kam herausgerannt, sprang auf das Fensterbrett, stieß sich ab und flog raus.

»Was hast du angerichtet?« schrien sie. »Weißt du nicht, daß unser Direktor ein Adler ist, und man die Fenster im Büro nicht öffnen darf, weil er wegfliegt?«

Woher sollte ich das wissen? Wir zirpten ihm »Tschip-Tschip-Tschip« hinterher und Gottseidank gelang es uns, ihn damit zurückzulocken.

Aber das war nicht nur der Chef. Andere folgten seinem Beispiel und flogen fort, sogar bei geschlossenen Fenstern. Einmal waren die Scheiben so sauber, daß sie richtig durchsichtig waren. Der Senior-Referent nahm Anlauf und verletzte sich schmerzhaft, die Scheibe ging kaputt. Ein anderes Mal flog der Junior-Buchhalter zu hoch und verbrannte sich die Flügel an der Birne. Insgesamt war dort das reinste Flugpersonal, nur der Fahrer und ich flogen nicht.

Also avancierten alle, nur ich nicht. Ich fühlte mich benachteiligt. Fehlt mir ein angeborenes Talent oder hängt das nur von der Übung ab? Ich sprang zu Hause, wo mich niemand sah, in die Höhe, aber ich fiel immer auf den Boden.

Ich beschloß, ein Risiko einzugehen. Ich ging im Büro zum Fenster und sagte wie beiläufig: »Schönes Wetter haben wir heute, da könnte ich ja mal fliegen.«

Und bevor sie mich zurückhalten konnten, machte ich das Fenster auf, sprang auf das Fensterbrett und flog los.

Mich rettete ein Sandhaufen unter dem Fenster, der seit der Zeit, als unser Büro gebaut wurde, noch nicht weggeräumt war.

Jetzt sitze ich mit einem Bein in Gips zu Hause und langweile mich, weil ich Sehnsucht nach dem Büro habe. Ich würde so gern arbeiten, eine lichte Zukunft für das Allgemeinwohl schaffen. Ach, wenigstens die Kollegen aus dem Büro sehen. Was soll ich machen, wenn sie mich nicht besuchen.

Aber ich habe ein Mittel, damit sie zu mir geflogen

kommen. Ich habe das Fenster aufgemacht, habe einen halben Liter und einen kleinen Imbiß auf das Fensterbrett gestellt. Sie werden geflogen kommen, jetzt ganz bestimmt, diese Adler, meine zauberhaften Falken.

Body-building

Ich verliebte mich. Aber ich hatte nicht den Mut, meine Liebe zu gestehen, weil ich schmächtig und unattraktiv für Frauen bin. Ich beschloß also zunächst, meinen Körper aufzubauen und mich dann zu erklären.

Den Körper baut man durch Übungen auf, die darauf beruhen, daß man Gewichte hebt. Das Gewicht fassen wir mit Hilfe des Daumens und des Zeigefingers, heben es hoch und reißen es durch ein plötzliches Anspannen des Bizeps bis zur Höhe der Speiseröhre. Die letzte Phase der Übung ist ein Zurückbeugen nach hinten, was auch die Wirbelsäule geschmeidig macht, besonders die Halswirbel. Wenn die Übung richtig ausgeführt wird, sollte man ein leises Gluckern hören.

Schon nach wenigen Übungen kreist das Blut lebendiger in den Adern, und das Auge gewinnt an Glanz.

Als Anfänger begann ich mit einem Gewicht von fünfzig Gramm. Schon bald entwickelte sich mein Bizeps so, daß ich zu hundert Gramm überging. Als ich mich im Spiegel betrachtete, bemerkte ich vorteilhafte Veränderungen sogar der Nase, die größer geworden war und eine gesunde rote Farbe angenommen hatte. Ich arbeitete ausdauernd an mir, obwohl ich manchmal eine große Müdigkeit empfand, besonders am nächsten Tag morgens früh nach den Übungen.

Es kam die Zeit heran, daß ich ohne Komplexe der geliebten Frau meine Liebe gestehen konnte. Erst übte ich lange mit einem Kollegen im Klub und frühmorgens ging ich zu ihr. Ich zog mich vor der Tür aus, spannte die Muskeln und klingelte.

Aber wer versteht schon die Frauen? Sie wollte mich nicht empfangen. Vielleicht, weil ich mich in der Tür geirrt hatte.

Untersuchung

Das Licht ging aus. Stromausfall, das kommt vor.

»Wer hat mein Bier ausgetrunken?« schrie der Präsident, als das Licht wieder anging.

Stille.

»Vielleicht irgendein Auswärtiger?« versuchte Fräulein Jadzia ihn zu besänftigen. Als Wirtin stand sie außerhalb jeglichen Verdachts, und als Frau hatte sie ein weiches Herz.

»Will es niemand gestehen? Gut. Dann wird es eine Untersuchung geben. Fräulein Jadzia, bitte ein neues Bier.«

Fräulein Jadzia führte die Bestellung aus.

»Und jetzt werden wir nacheinander hinausgehen und das Licht ausmachen. Herr Rat, bitte Sie als erster.«

»Ich verlaß mich auf Sie, meine Herren«, sagte der Rat und ging hinaus.

»Fräulein Jadzia, machen Sie bitte das Licht aus.«

Fräulein Jadzia machte das Licht aus. Der Augenblick in der Dunkelheit schien eine Ewigkeit zu dauern.

»Jetzt!« rief der Präsident.

Fräulein Jadzia machte das Licht an. Das Glas des Präsidenten war leer.

»Der Verbrecher ist unter uns«, erklärte der Präsident. »Fräulein Jadzia, ein neues Bier und der Lichtschalter. Herr Buchhalter, bitte, Sie sind der nächste.«

»Wehe, es trinkt jetzt niemand«, flüsterte der Buchhalter und ging hinaus.

Dunkelheit und Schweigen. Licht. Leere im Glas.

Der Kreis der Verdächtigen engte sich ein. »Fräulein Jadzia, wir wiederholen das Ganze. Herr Referent, erlauben Sie ...«

Der Referent verabschiedete sich und ging hinaus.

»Fräulein Jadzia, noch einmal.«

Wieder Dunkelheit und Bangigkeit. Die Helligkeit bewies, daß sie berechtigt war. Am Tisch saßen nur noch der Lagerverwalter und ich.

»Wer von den beiden Herren geht freiwillig?«

Wir standen gleichzeitig auf, aber der Lagerverwalter stellte mir ein Bein und ich fiel zurück auf den Stuhl.

»Wir sehen uns morgen«, sagte er, sah mir tief in die Augen und legte mir seine Hand auf die Schulter. Ich verbog mich mitsamt dem Stuhl. Er wog mehr als hundert Kilo.

»Es nähert sich der Augenblick der Wahrheit«, sagte der Präsident. »Fräulein Jadzia, bitte zum letzten Mal.«

»Aber wir haben kein Bier mehr«, sagte Fräulein Jadzia. »Es ist alle.«

Ich war gerettet. Nur weiß ich nicht, wem ich das zu verdanken habe, Fräulein Jadzia oder der Versorgungspanne.

Auf jeden Fall kaufe ich ihr Blumen.

Der Maharadscha

Um Pfingsten herum verbreitete sich die Nachricht, daß ein Maharadscha aus dem entfernten Indien zu uns kommen sollte.

Was mit dem Maharadscha passiert war, daß er unsere Gegenden besuchen wollte, weiß ich nicht. Wenn ich ein Maharadscha wäre, führe ich lieber nach Amerika.

Im Zusammenhang mit diesem Besuch kam eine Verfügung aus der Hauptstadt, keinen Alkohol zu trinken, die Zäune anzustreichen und den Maharadscha auf dem Bahnhof würdig zu empfangen.

Zur Begrüßung wählten wir den Schuster aus, weil der ein bißchen Tschechisch konnte. Immerhin ist das eine Fremdsprache. Aber was sollten wir machen, damit sich der Maharadscha bei uns wie zu Hause fühlte?

Wir berieten uns. Wenn jemand zu Hause eine Schlange hätte, sollte er die auf den Bahnhof bringen, dann würde er sich freuen. Der Maharadscha, Sohn eines heißen tropischen Landes, ist von Kindheit an an Schlangen gewöhnt. Sicher mag er auch Yoga. Yoga kann bei uns niemand, aber die Tochter des Vorsitzenden kann Spagat.

Als der große Tag kam, strömte das ganze Städtchen auf den Bahnhof. Der Zug fuhr ein, und was sagt ihr? Aus dem Waggon stieg ein echter Maharadscha in einem weißen Turban mit einem Brillanten, in einem goldenen

Rock und weißen Strümpfen. Der Schuster rief »Na zdar!«, die Tochter des Vorsitzenden machte einen Spagat und die Funktionäre, die hinter dem Bahnhofslager versteckt waren, ließen zwei Blindschleichen aus dem Korb heraus. Der Maharadscha quartierte sich beim Apotheker ein.

Im Städtchen begann ein wirtschaftlicher Aufschwung. Der Schneider verdiente an Mützen aus weißem Filz, sogenannten Maharadschas, die unsere Jugend jetzt mit Vorliebe trug. Der Vorsitzender eröffnete eine Bude mit Sodawasser für die Ausflugsgruppen, die von überall herанströmten, um den Maharadscha zu sehen. Der Apotheker aber bohrte ein Loch in die Tür zum Schlafzimmer und nahm zwei Złoty für einen Blick auf den schlafenden Maharadscha.

Währenddessen besichtigte der Maharadscha dies und jenes, und es gefiel ihm immer besser bei uns. Wir dachten, er sage das alles aus Höflichkeit, und niemand nahm es ernst.

Bis es plötzlich kam wie ein Schlag vor den Kopf. Zum Heiligen Laurentiustag veröffentlichten die Zeitungen folgende Erklärung des Maharadschas: »Es gefällt mir bei euch so gut«, verkündete er, »daß ich mein gesamtes Vermögen in Indien samt den Elefanten und den Goldgruben den Waisenkindern vermache. Ich selber habe die Absicht, für immer bei euch zu bleiben. Ich reiche hiermit ein Gesuch ein, mir irgendeine Stellung und einen, höchstens zwei Hektar Land zuzuteilen, um mich hier anzusiedeln und ab jetzt mit euch arm, aber sauber zu leben und niemals mehr wegzufahren.«

Und er blieb. Er kaufte sich einen Wintermantel und begann polnisch zu lernen.

Zu Anfang krümmte ihm niemand ein Haar, aber zu Allerheiligen verprügelten wir den Schuft.

Jetzt warten wir wieder. Vielleicht kommt wieder mal einer aus den fernen Ländern? Aber ein Normaler, keiner, der bei uns bleiben will.

Die Himmelsroute

Es war einmal ein kleines Dorf, geweißelte Häuschen, Strohdächer. Hinter dem Dörfchen erstreckten sich grüne Wiesen, es floß ein Bächlein, an seinen Ufern wuchsen Weiden, und auf den Wiesen weidete Janek, der Sohn einer armen Witwe, das Vieh.

Er spielte auf der Hirtenflöte, und manchmal, wenn ihn die Sehnsucht überkam, träumte er davon, in die weite Welt zu fliegen.

Einmal saß er eben unter der Weide, als ein Flugzeug am azurblauen Himmel erschien.

›Ach, mit so einem Stahlvogel fliegen zu können‹, dachte Janek.

Aber was war das? Das Flugzeug verringerte seine Höhe und es verging keine Minute, bis es mit seinen Rädern die Wiese berührte, noch ein bißchen rollte und stehenblieb. Der Pilot sprang aus der Kabine, Janek lief auf ihn zu.

»Gibt es bei euch einen Schmied?« fragte ihn der Pilot. »Irgendwas ist an meinem Motor kaputt gegangen.«

Janek lief zum Schmied. Es verging keine Stunde, bis sich der Pilot wieder in die Maschine setzen konnte. Und da fragte er den Jungen: »Du würdest sicher auch gern so in den Lüften herumfliegen?«

Eine tiefe Röte überzog Janeks Gesicht.

»Ja, mein Herr«, hauchte er.

Das Flugzeug brummte und flog davon. Aber was war das? Es war noch kein Monat vergangen, als der Postbote vor der Hütte der armen Witwe stehenblieb.

»Ich habe was für dich, Janek«, sagte er schelmisch und überreichte ihm einen großen grauen Umschlag. Das war die Einberufung zur Marschall-Pilsudski-Pilotenschule.

Es vergingen Jahre, und Janek flog mit seinem Flugzeug über sein Heimatdorf. Er sah hinunter: ein kleines Dorf, Häuschen, langgestreckte Wiesen. Ein Bach. Jozio, der Sohn, hütete das Vieh. Da ging am Motor was kaputt. Janek landete, Jozio kam angerannt. »Gibt es bei euch einen Schmied?« fragte Janek Jozio.

Es gab einen. Er reparierte. Als er in sein Flugzeug stieg, fragte Janek: »Du würdest sicher auch gern so in den Lüften herumfliegen?«

Tiefe Röte bei Jozio. Es verging kein Monat, und der Briefträger erschien, schelmisch. Übergab Jozio einen roten Umschlag. Einberufung zur Marschall-Rokossowski-Pilotenschule.

Es verging einige Zeit und Jozio flog über das Dorf. Kazio hütete das Vieh, der Motor ging kaputt. Er landete. Kazio kam angerannt. »Gibt es einen Schmied?« »Ja.« Beim Einsteigen Jozio zu Kazio: »Würdest du gern … na ja, du weißt schon …« Aber was war das? Der Briefträger brachte Kazio einen rosa Umschlag. Die Marschall-Gomulka-Schule.

Kazio flog, sah nach unten: Stasio. Der Motor. Er landete. »Kann man nicht wenigstens den Schmied auslassen?« fragte Stasio. »Nein«, sagte Kazio. Er ging in die

Höhe. Aber was war das? Der Briefträger brachte Stasio einen grau rosagesprenkelten Umschlag. Marschall-Jaruzelski-Schule.

Stasio kam angeflogen. Zdzisio, Landung, aber was ist das? Zdzisio lief fort und schrie:

»Nein, nein! Ich will nicht!«

Wölfe

Es kam der Karneval, also organisierten wir einen Ball mit Buffet und danach eine Schlittenfahrt. Was das Buffet angeht, waren die Cornichons nicht frisch, aber die Schlittenfahrt gelang vortrefflich. Und das kam so:

Wir fuhren durch den Wald, eine Frostnacht, ein funkelnder Sternenhimmel, trockener Schnee, die Glocken der Geschirre klingelten, die Pferde schnauften munter, die Stimmung wurde fröhlich.

Plötzlich war ein Heulen zu hören, nicht allzu laut, aber deutlich. Der Präsident wurde blaß.

»Mir scheint, daß uns Wölfe verfolgen«, sagte er.

Langsam wurde es ungemütlich. Drum herum Einöde, und dann wieder dieses Heulen, diesmal lauter.

»Schneller!« schrie der Präsident dem Kutscher zu. Der schlug auf die Pferde ein, die losgaloppierten. Das half allerdings nichts, denn das Heulen wurde noch lauter.

»Meine Herren«, sagte der Präsident leichenblaß, »einer von euch muß sich opfern. Einer muß aus dem Schlitten springen, die Wölfe werden ihn fressen, aber die übrigen sind gerettet. Wer meldet sich freiwillig?«

Niemand meldete sich.

»Dem, der sich opfert, biete ich eine Rentenerhöhung und eine Beerdigung auf Staatskosten. Wer also?«

»Ich!« rief ich.

Alle sahen mich voller Bewunderung und Dankbarkeit an.

»Auf das Begräbnis verzichte ich, das erledigen die Wölfe. Aber einen Vorschuß hätte ich gern sofort.«

»Wozu brauchen Sie denn jetzt einen Vorschuß?« wunderte sich der Präsident. »Sie sterben doch gleich.«

»Ja, aber ich würde gern mit etwas vor meinen Augen sterben, was mir sehr lieb ist.«

»Dann sehen Sie mich an und springen Sie.«

»Ich will nicht widersprechen, daß Sie, Herr Präsident, mir der allerliebste sind, aber Sie werden schließlich nicht in diesem allerletzten Moment bei mir sein, das Bargeld aber schon. Es sei denn, daß wir zusammen springen.«

»O nein!« rief der Präsident und zahlte.

Ich verabschiedete mich von allen für immer und sprang vom Schlitten. Es war auch allerhöchste Zeit, denn das Heulen war direkt neben uns.

Ich wartete, bis die Schlittenglocken in der Ferne verklangen, dann kehrte ich ruhig nach Hause zurück.

Denn das waren keine Wölfe, sondern mein Bauch knurrte nur so nach diesen Cornichons.

Das Kamel

Ich habe in der Zeitung gelesen, daß der Araber in der Wüste lebt und sich von einem Ort zum andern mit Hilfe eines Kamels bewegt. Und da es in der Wüste sehr viele Orte gibt, wäre das Leben des Arabers ohne Kamel gar nicht denkbar.

Wenn ich ein Kamel hätte, würde ich es dem Araber verkaufen. Ich brauche Geld, ein Kamel nützt mir nichts, der Araber könnte es brauchen, und dem Kamel ginge es bei dem Araber besser als bei mir, weil es sich da geachtet fühlte. Leider habe ich kein Kamel.

Wenn ich ein Kamel besäße, hätte ich es schon bemerkt, denn es ist groß. Ich habe aber nur drei Hühner und eine Kuh.

Aber vielleicht versteckt es sich? Der Mensch hat immer eine Hoffnung, obwohl er nicht immer ein Kamel hat. Wenn es sich versteckte, dann würde ich es leicht finden, weil es ja einen Buckel hat, das heißt ein besonderes Kennzeichen.

Ich ging in den Hühnerstall, um mir die Hühner mal richtig anzuschauen.

Nein, keins von ihnen ist ein Kamel, vor allem sind sie klein und überhaupt nicht bucklig.

Ich ging in den Kuhstall, um die Kuh zu überprüfen. Die fing an zu muhen, weil sie dachte, daß ich ihr endlich was zu fressen bringe, aber ich hatte nichts mit Füttern im Sinn, weil ich mit dem Kamel beschäftigt war. Die Kuh ist zwar groß, aber nicht bucklig. Ich befühlte sie für alle Fälle. Keine Spur von einem Buckel.

Ich verließ den Kuhstall und setzte mich auf einen Holzklotz, um nachzudenken. Kuh ist Kuh und Hühner sind Hühner, aber vielleicht kann man sie doch zu einem Kamel machen? Am besten die Kuh. Die ist schon groß, da fehlt nur der Buckel.

Wovon kriegt der Mensch einen Buckel? Vom Lesen in unbequemer Stellung. Ich stand auf, holte eine Zeitung und warf sie der Kuh hin. Nicht in die Krippe, sondern unter die Krippe, absichtlich, damit sie sich bücken muß. Soll sie mal so lesen, dann bekommt sie einen Buckel.

Ich kehrte in die Stube zurück und schrieb einen Brief an den Araber. Zunächst auf polnisch:

»Lieber Herr Araber, ich besitze ein schönes Kamel. Wenn Sie das kaufen, werden Sie es nicht bereuen. Ich bitte um einen Vorschuß.«

Dann übersetzte ich den Brief ins Arabische. Bekanntlich schreiben und lesen die Araber nicht von links nach rechts, sondern von rechts nach links.

In der Übersetzung sah das folgendermaßen aus:

»Vorschuß einen um bitte ich. Bereuen nicht es Sie werden kaufen das Sie wenn. Kamel schönes ein besitze ich. Araber Herr lieber.«

Ich kannte die Adresse nicht, also kehrte ich in den Kuhstall zurück, um die Zeitung zu holen, vielleicht steht die Adresse des Arabers in der Zeitung. Aber inzwischen hatte die Kuh die Zeitung gefressen, weil sie hungrig war.

Also habe ich den Brief nicht abgeschickt, aber die Kuh ist am nächsten Tag verreckt, weil sie sich mit der Zeitung vergiftet hatte.

Und das alles wegen des Kamels.

Winterbeschwerden

Wir trafen uns in der Kneipe wie gewöhnlich, es war Mitte Februar, während der großen Kälteperiode, und der Lagerverwalter sagte: »Ich fühle mich irgendwie nicht sehr wohl in der letzten Zeit. Statt der normalen weißen Mäuse sehe ich jetzt weiße Bären. Das kommt sicher von der Kälte.«

Wir beschlossen, er solle nur warmes Bier trinken. Es hängt alles von der Temperatur ab. Wenn er bei warmem Bier bliebe, müßten die weißen Bären verschwinden. Er hörte auf unseren Rat. Wir trafen ihn am nächsten Tag und fragten, ob die weißen Mäuse zurückgekommen seien.

»Ach woher!« sagte er. »Die Bären sind zwar vorbei, aber dafür hatte ich Papageien wie in Afrika. Ich bin nicht richtig justiert.«

Wir gelangten zu der Auffassung, daß das Bier zu warm war. Es hatte ihm zwar gegen die Bären geholfen, aber in die andere Richtung übertrieben und Papageien aus den warmen Ländern hervorgerufen.

So konnte man den Mann nicht allein lassen. Um so mehr, als die Kälte nicht nachließ und zu befürchten stand, daß er wieder weiße Bären sehen würde.

»Und wenn du den Pelz nicht ausziehst?« fragten wir. »Du stehst einfach im Pelz am Büfett und trinkst, ohne warmes Bier. Wir werden sehen, ob es dann weggeht.«

Am nächsten Tag fragten wir nach den Ergebnissen.

»Noch schlimmer«, sagte er. »Von meinen weißen Mäusen keine Spur, dafür hatte ich Papageien auf weißen Bären. Die Papageien sind wahrscheinlich von diesem Pelz, weil mir am Büfett schrecklich heiß war und die Bären, weil ich einen Zug bekommen habe, als ich in die Kälte rausging.«

Wir trösteten ihn, es hätte ja noch schlimmer kommen können. Zum Beispiel Bären auf Papageien.

Aber andererseits ist es auch nicht gut. Es bleibt uns wohl nichts anderes übrig, als bis zum Frühling zu warten.

Der Nachkomme

An die ›Kommission für die Tausendjahrfeier des Polnischen Staates‹.

Ich bitte höflichst, mir eine Bescheinigung auszustellen, daß ich ein Nachkomme des Königs Mieszko I. bin.

Diese Bescheinigung benötige ich, um bei der Regierung folgendes zu erreichen:

a) Die Pensionierung

b) Eine Familienzulage im Zusammenhang mit der Heirat von Mieszko I. mit der Königin Dąbrówka.

c) Die Rückstände für das vergangene Jahrtausend im Zusammenhang mit dem obigen.

d) Schadensersatz für die weltanschaulichen Schäden, die durch die Taufe von Mieszko I. entstanden sind.

Außerdem wären auch eine Eisenbahnermäßigung und ein warmer Mantel äußerst nützlich.

Ich möchte anmerken, daß ich sowohl am Arbeitsplatz wie auch bei meinen Bekannten bereits als direkter Nachkomme des Monarchen bekannt bin. Ich spüre sein Blut in meinen Adern und sehe ihm vor dem Spiegel sehr ähnlich.

Ich besitze auch Dokumente, in meinen Familienpapieren befindet sich ein Rezept für ›Karpfen auf königliche Art‹.

Gleichzeitig warne ich die Hochgeehrte Kommission vor einem Betrüger, einem gewissen Handwurzler, der sich als Nachkomme von Władysław Ellenlang ausgibt. Handwurzler kann das gar nicht sein, weil Władysław Ellenlang sehr klein war, während Handwurzler 1,82 groß ist. Das weiß ich, weil ich ihn eigenhändig ausgemessen habe, als er auf einer Namenstagsfeier eingeschlafen ist. Zweitens war Władysław Ellenlang ein Erneuerer des polnischen Staates, also konnte er gar nicht so einen Nachkommen wie Handwurzler haben. Denn der stiehlt auf einem staatlichen Posten und schwächt unsere Macht.

Handwurzler verbreitet, daß er früher klein war und nur dank des Wohlstandes für die Massen der Volksrepublik Polen gewachsen ist. Handwurzler besudelt mich mit verschiedenen Verleumdungen. Unter anderem, daß ich, selbst wenn ich ein Nachkomme von Mieszko I. wäre, doch nicht von der richtigen Linie abstammte, genauer kann ich das nicht wiederholen, um die Königin Dąbrówka nicht zu beleidigen. Ich stelle also den Antrag, den Handwurzler für diese Beleidigung zur Verantwortung zu ziehen.

Mit diesem Handwurzler wollten wir sogar ein Gottesurteil befragen, damit ein für allemal entschieden wird, wer von uns ein Nachkomme des Königs ist. Zu diesem Zweck begaben wir uns direkt von dem Wirtshaus ›Scheherezada‹ in den zoologischen Garten zu dem Käfig mit den Adlern. Es ging uns darum, daß der Adler, der Königsvogel und unser Staatswappen, seinen Herrn erkennen sollte. Aber Handwurzler legte sich unterwegs mit einem Bären an, der ihn gebissen hat, leider nicht fest. Handwurzler hatte Pfefferminzbonbons, Marke ›22. Juli‹, bei sich, mit denen er den Adler locken wollte, aber dazu ist es nicht gekommen wegen des oben erwähnten Bären. Schade, denn der Adler hätte ihn sicher ins Gesicht gehackt.

Ich erwarte eine wohlwollende Erledigung meiner Angelegenheit und verbleibe mit Piastengrüßen*,

Mieszko Mieszkowicz Mieszkow

* Piasten: ältestes polnisches Königsgeschlecht.

Die Bitte

An ein Mitglied des Berufsverbandes der Gastronomiearbeiter, an den Funktionär der Staatlichen Sammelernährungsanstalt, den Bürger Kellner, am Orte.

Hiermit bitte ich höflich, mir noch am heutigen Tag ein Kotlett – Anzahl: ein Stück –, zu servieren. Meine Bitte begründe ich damit, daß ich hungrig bin. Einen Lebenslauf füge ich bei.

Im Jahre neunzehnhundertfünfundvierzig habe ich direkt nach der deutschen Okkupation aufgrund der Trümmerbeseitigung sehr viele Kalorien verloren.

Im Jahre neunzehnhundertzweiundfünfzig bin ich in das kalte Wasser gesprungen, um einen Eisenbahner zu retten, der dem Ertrinken nahe war, und dank dessen verbesserte ich den Herbsttransport der Polnischen Eisenbahn. Im Zusammenhang damit bitte ich auch, mir zu dem Kotlett auch noch gekochten Kohl zu servieren, möglichst frischen.

Im Jahre neunzehnhundertachtundfünfzig mußte ich mich aufgrund eines unvorsichtigen Anhauchens eines Polizisten einer Magenauspumpung unterziehen, was meine allgemeine Kalorienmenge erheblich verringerte. Deshalb bitte ich unabhängig vom Kohl auch noch um Kartoffeln. Letztere können auch halb roh sein.

Ich möchte betonen, daß ich mich im Gegenzug im

Falle einer wohlwollenden Erledigung meiner Bitte verpflichte, einen halben Liter reinen Wodkas oder einen viertel Liter Qualitätswodka zu trinken.

Ebenfalls verpflichte ich mich im Falle einer günstigen Bearbeitung dieses Antrags noch vor Einbruch des Abends, drei Messer und einen Aschenbecher zurückzugeben, die das Eigentum Ihres Lokals sind und die ich durch einen tragischen Irrtum mit nach Hause genommen habe.

In dem Fall, daß meine Bitte auf außergewöhnliche Weise innerhalb der nächsten zwei Stunden erledigt werden sollte, verpflichte ich mich zusätzlich zu den oben erwähnten Verpflichtungen, den ›Hering japanisch‹ zu essen, der schon seit einem Monat in Ihrem Büfett liegt, und Ihre Ladenhüter zu beseitigen.

Unabhängig von den oben erwähnten Verpflichtungen und im Falle der wohlwollenden Erledigung meiner Eingabe innerhalb einer Stunde im Expreßdienst verspreche ich, meiner Dankesschuld Ausdruck zu geben und nie wieder Ihr Lokal zu besuchen, um Ihr Defizit nicht zu vergrößern und Sie nicht in der Aufopferung aller Ihrer Kräfte im Kampf um die weitere Entwicklung der volkseigenen Gastronomie zu stören.

Hochachtungsvoll,
der Gast im Schal, dritter Tisch,
beim Durchgang zur Toilette.

Vor der Saison

Wir standen alle an der Bar, damit beschäftigt, die Produktion zu konsumieren.

»Es wird Frühling«, sagte der Buchhalter.

»Woher weißt du das?« fragten wir verwundert. »Wir haben doch erst Mitte Mai.«

»Wieso woher? Ich weiß das aus der Beobachtung der Natur: Sie schenken immer wärmeren Wodka aus.«

»Tatsächlich...« sagte der Referent verträumt. »Das Bier ist auch schon wärmer geworden... Ach ja, es ist bald Sommer, Zeit, an den Urlaub zu denken... Wohin fahrt ihr denn in diesem Sommer, Kollegen?«

»Was weiß ich...« sagte der Buchhalter. »Wahrscheinlich ziehe ich in das ›Goldene Horn‹. Da gibt es Schwingtüren und wenn sie die Gäste rauswerfen, entsteht ein angenehmer kühler Luftzug. Und Sie?«

»Wenn es um den Juli und den August geht, ziehe ich die Bar ›Unter der Sechs‹ vor. Die haben da solche Vorspeisen, daß die Fliegen, wenn sie sich drauf niederlassen, nie wieder hochkommen. Sie fallen auf der Stelle um und stören nicht mehr.«

»Fliegen sind nicht intelligent«, sagte der Lagerverwalter. »Wenn es um Elefanten ginge, wäre das was anderes. Elefanten trinken Wodka, aber Vorspeisen rühren sie nicht mal an.«

»Und Sie, Herr Kollege«, fragten wir den Kassierer, der melancholisch in die Augen eines Herings in Öl blickte. »Wohin fahren Sie?«

»Ins Ausland«, sagte der Kassierer. »Ins ›Bristol‹.«

Wir sahen ihn überrascht an.

»Dann haben Sie eine Einladung von Verwandten?«

»Nein.«

»Was, Sie haben keine Verwandten im ›Bristol‹? Zum Beispiel an der Garderobe oder am Büfett?«

»Nein.«

»Das heißt, Sie haben da niemanden?«

»Niemanden.«

»Dann fahren Sie vielleicht dienstlich, eine Delegation?«

»Ich kannte mal einen«, erinnerte sich der Referent, »der hat sich selber eine Delegierung besorgt. Statt Zagaji hat er Hawaii geschrieben. Aber das ist rausgekommen und er konnte nicht fahren, weil er Hawaii mit ›ch‹ geschrieben hat.«

»Nein, auch nicht dienstlich, privat«, entgegnete der Kassierer.

Wir verstanden uns wortlos, und gleich danach, obwohl es uns schwer ums Herz war, denunzierten wir ihn. Und wir hatten recht, denn die Kassenüberprüfung ergab ein Manko.

Wir haben das zu seinem Wohl getan. Wozu mußte er gleich ins ›Bristol‹? Genügte ihm nicht die ›Bar unter der Sechs‹ oder das ›Goldene Horn‹? Im übrigen könnte es ja ein heißer Sommer werden und dann wäre es besser für ihn, diese Zeit im Schatten zu verbringen.

Rallye

An das Hauptkomitee des Radsports

Wir teilen höflichst mit, daß wir, um nicht hintanzustehen, in unserem Ort eine Motorradrallye um einen Pokal organisiert haben, mit Hindernissen, einem bestimmten Hubraum und ärztlicher Betreuung.

Die Wettkämpfe fanden unter der Schutzherrschaft der Bürgerwehr und der Beteiligung der örtlichen Militäreinheiten statt, die Hindernisse dagegen spendierte die Bevölkerung.

Was den Hubraum angeht, so haben wir die Wettkämpfer in Kategorien eingeteilt, von zweihundertfünfzig Kubikzentimetern (mit Bier) bis zu fünfzehnhundert. Ohne Imbiß.

Der Start fand aus technischen Gründen (eine Kneipe dritter Kategorie) auf dem Marktplatz statt. Die Wettkämpfer fanden sich alle pünktlich ein, mit Ausnahme von einem, den seine Frau mitnahm. Die Wettkämpfer setzten sich auf die Maschinen und zündeten sofort. Überwiegend ›Sports‹. Billigere Zigaretten haben wir nicht.

Gleich nach dem Start überwand unser Favorit Henio aus Bugaj (Kategorie achthundertfünfzig Kubikzentimeter Hubraum) das erste Hindernis in Gestalt eines gewissen Kijanka, eines Grundschülers, der auf der Straße spielte. Da aber Kijanka ohne Aufsicht von Erwachsenen dort spielte, wurden Henio nur Punkte unter Vorbehalt angerechnet.

Dagegen hat der Wettkämpfer Jozek Schnäutzchen aufgrund einer Überheizung seines Motors (Kategorie fünfzehnhundert Kubik) die Situation falsch eingeschätzt und er fiel aus. Er verwechselte nämlich das Denkmal der Lilla Weneda, das auf dem Marktplatz steht, mit einem Passanten und erlitt Verletzungen. Die Renovierung des Denkmals, das Schäden an der Harfe davontrug, wird er nach seiner Entlassung aus dem Krankenhaus aus eigener Tasche zahlen müssen.

Im weiteren Verlauf der ersten Runde schob sich Franio aus dem Walde (Kategorie zweihundertfünfzig Kubik) an die Spitze, der trotz des kleinen Hubraums als erster die Aufmerksamkeit der Wegkontrolle auf sich zog. Er wurde aber disqualifiziert, weil sich herausstellte, daß er entgegen dem Reglement mit reinem Spiritus fuhr.

Hervorgehoben werden muß auch die gesellschaftliche Haltung des Wettkämpfers Olek vom Fluß, der eine Kuh überfuhr, womit er eine beträchtliche Verbesserung der Fleischversorgung verursachte.

Bei der zweiten Runde zeichnete sich Antoś aus Eichenheim (Kategorie dreihundertfünfzig Kubik) durch große Selbstüberwindung und Siegeswillen aus, der ein Bauernweib überfuhr, ohne auf den Zustand der Oberfläche zu achten. Die Bürgerin Bauernweib war nämlich sehr uneben und beschädigte die Stoßdämpfer.

Die meisten Punkte für seinen Stil erhielt allerdings Jaś aus Birkenheim, der ein Fuhrwerk von vorne überholte und es von hinten einholte. Augenblicklich kann der

Prototyp eines deichsellosen Fuhrwerks auf dem Bauernhof der Erben des Bürgers Kutscher besichtigt werden und sollte die Aufmerksamkeit der Fachleute erregen. Was Jaś betrifft, der hätte sich sowieso nicht lange gehalten, denn er war immer von zarter Natur.

Die Wettkämpfe zogen sich noch bis in die späte Nacht hin und waren sehr ereignisreich. Ganz unerwartet wurde Kazek, genannt Kozik*, (Kategorie tausend Kubik) Gewinner des Pokals, da er als einziger das Ziel erreichte. Leider konnte er den Pokal nicht mehr entgegennehmen, weil die Schnapsbude am Ziel schon geschlossen war, sie wollten nicht mehr aufmachen und ihm den Pokal verkaufen. Das hat ihn aufgeregt, also hat er die Bude abgebrannt. Zum Glück fand er bei seiner Schwester eine Flasche Parfum ›Zauber der Nacht‹ und konnte die benutzen.

Gegenwärtig sitzt er sein Urteil wegen Brandstiftung ab. Die Familie, die ihn im Knast besucht, sagt, daß er immer noch wunderbar riecht, jedesmal, wenn er den Mund aufmacht, und das, obwohl schon so viel Zeit verflossen ist. Er sitzt sehr vornehm.

* poln.: Ziegenbock

Das Söhnchen

An Elisabeth, die Königin von England

Ich bitte höflichst darum, mich als Adoptivsohn Ihrer gütigen Majestät anzunehmen.

Gegenwärtig bin ich eine Waise und muß jeden Augenblick arbeiten. Ich betone, daß ich die Schule und das Militär bereits hinter mir habe, achtzehn Klassen Grundschule, jede Klasse zweimal. Sorgen mit meiner Ausbildung werden Sie also nicht haben, sondern nur Nutzen von mir, denn ich kann auf meine Geschwister, das heißt auf die anderen Kinder, die Sie haben, auf diese meine geliebten Schwesterchen und Brüderchen, zu Hause aufpassen.

Ich bin außerdem gesund, nur daß ich am ersten und am fünfzehnten Kopfschmerzen habe sowie jeden Sonntag früh. Dazu fehlt mir ein Zahn aufgrund einer Diskussion mit einem Kollegen, aber insgesamt bin ich stark, besonders in den Beinen.

Ich habe ein fröhliches Naturell. Und ich kann singen und kenne verschiedene Witze, zum Beispiel von der Witwe und dem Schornsteinfeger, oder von einem, der sich hingehockt hat. Ich kann sie erzählen, aber das muß auch nicht sein, wenn Sie das nicht wünschen.

Ich bin praktisch und kann mich im Haus als Ihr Kind nützlich erweisen. Die Wasserleitung reparieren, die

Krone polieren, Kohle in den Keller bringen, ich kann alles, und man braucht keinen Fremden zu rufen. Sparsamkeit und Zuverlässigkeit.

Die englische Sprache beherrsche ich. Wenn es einen englischen Film im Kino gibt, lese ich immer laut mit, und verstehe alles, besonders über die Cowboys.

Ich hoffe auf eine positive Erledigung meiner Bitte. Ich bin immer neben der Bierbude zu finden, und wenn ich da zufällig nicht sein sollte, hinterlassen Sie die Nachricht bitte bei meiner Kollegin in der Hofeinfahrt. Grüße an den Papa.

Ich verbleibe hochachtungsvoll,
der kleine Königssohn

Pfifferlinge

Der Präsident rief mich zu sich und sagte: »Ich habe eine Aufgabe für Sie. Anläßlich der Inspektion veranstalten wir einen bescheidenen Empfang für den Inspektor. Ein Glas Wein unter Kollegen, verstehen Sie?«

»Das heißt, daß ein halber Liter Wodka pro Kopf reicht?«

»Übertreiben wir nicht, lieber einen halben Liter und ein Viertel in Reserve. Und dazu einen kleinen Imbiß. Irgendwelche Pilze, am besten Pfifferlinge.«

Mit dem Wodka hatte ich keine Schwierigkeiten, ich bekam ihn im staatlichen Geschäft auf Vermittlung des bevollmächtigten Handelsvertreters. Aber ein Ressort für Pfifferlinge hatte er nicht. Davon setzte ich den Präsidenten in Kenntnis.

»Es gibt keine Pfifferlinge. Es gibt nur Schuhcreme und kubanische Import-Ananas. Die Schuhcreme ist erste Qualität, bei der Ananas weiß ich das nicht, sie hat kein Etikett.«

»Es müssen Pfifferlinge sein!« schrie der Präsident. »Ohne Pfifferlinge nimmt der Inspektor nichts in den Mund, noch nicht einmal ein Thermometer. Gehen Sie und kommen Sie mit Pfifferlingen oder auf Pfifferlingen wieder, wie die Spartaner sagten.«

Nach zweitägiger Suche kehrte ich zurück.

»Es gibt Pfifferlinge«, sagte ich. »Aber privat, bei einer Bauersfrau.«

»Sind Sie verrückt geworden?! Den Empfang bezahlen wir aus dem Fond für Sozialaktionen. Der Inspektor hat schon seit langem keine Eltern mehr, also verbuchen wir die Kosten als Ausgabe im Rahmen der Fürsorge für die Arbeiterwaisenkinder. Aber die Rechnung für die Pfifferlinge muß einen Stempel einer staatlichen Institution haben und eine Bauersfrau ist eine Privatperson, eine physische, keine rechtliche Körperschaft. Eine Bauersfrau ist ausgeschlossen. Suchen Sie weiter.«

Ich suchte, aber vergeblich. Ich kehrte zum Präsidenten zurück und sagte: »Entweder bei der Bauersfrau oder überhaupt nicht.«

Der Präsident stöhnte. »Was soll man da machen! Was soll man in so einer Situation machen!«

»Ich habe eine Idee. Wir machen der Bauersfrau einen Stempel ›Bauersfrau unter staatlicher Zwangsverwaltung‹. Das stempeln wir auf die Rechnung, die Bauersfrau unterschreibt, und alles ist erledigt.«

»Keine schlechte Idee, aber zu kurz. Bauersfrau … was für eine Bauersfrau? Ein Name wäre angebracht, am besten ein historischer.«

»Vielleicht ›Bauersfrau unter staatlicher Zwangsverwaltung Tschwartakow‹.«

»Was für Tschwartakows?«

»Das war ein Infanterieregiment im Novemberaufstand. Das war ein sehr gutes Regiment.«

»Gut. Das müßte reichen.«

Nun, und schon am nächsten Tag kam ich mit den

Pfifferlingen und einer entsprechenden Rechnung zurück.

»Sehen Sie?« lobte mich der Präsident. »Wenn man will, dann geht alles. Die Pfifferlinge sind da und die Bauersfrau ist auf ein höheres gesellschaftliches Niveau gehoben worden. Aber warum ist das denn so teuer?«

»Weil die Bauersfrau sagt, daß sie Verwaltungskosten hat. Sie hat die Pfifferlinge doppelt so hoch berechnet.«

Manche lernen eben schnell.

Außenhandel

Um den Weltmarkt zu erobern, setzten wir eine Produktion von Kaugummi in Gang. Gummi hatten wir mehr als genug: Die Garnison der Roten Armee hatte bei ihrem Rückzug alte Autoreifen zurückgelassen. Es genügte, sie entsprechend zuzuschneiden und zu verpacken.

Das Zuschneiden besorgten wir in unserem eigenen Betrieb, und was die Verpackung betraf – wir bestellten in der Druckerei effektvolle Etiketten auf englisch: SOLIDARITY – CHEWING GUM – MADE IN POLAND.

Wir rechneten damit, daß für ein Produkt mit dem Namen ›Solidarity‹ im Ausland Nachfrage besteht, besonders in den USA.

Bald schickten wir die erste Warensendung. Leider stellte sich heraus, daß ein Druckfehler auf dem Etikett war. Statt ›Solidarity – Chewing Gum‹ hatten sie ›Saladerity – Chewing Gum› gedruckt. So war es nicht verwunderlich, daß niemand in Amerika unseren Kaugummi kaufte.

Zum Glück bleiben uns ja noch die Märkte des Ostens.

Tiefer Schlaf

Ich habe unser kleines Städtchen satt, den Marktplatz, die Kneipe, in der ich jeden Tag mit dem Präsidenten, dem Buchhalter und dem Referenten sitze.

Die Erde dreht sich um ihre Achse, ich auch. Nur daß meine Achse kümmerlich ist, und wie ich mich auch um sie drehe, immer nur der Präsident, der Buchhalter, der Referent…

Ach ja, wenn man in die weite Welt fliegen könnte, weg von ihnen. Aber wie?

Wenn ich mich über die Erde erheben könnte… Dann würde sich die Erde um ihre Achse weiter drehen und mich an einem anderen Punkt absetzen. Wann immer es mir gefiele, würde ich mich runterlassen und befände mich woanders.

Aber hier liegt das Problem: Wie soll man sich genügend lange Zeit in der Luft halten? Die Erde dreht sich langsam.

Könnte ich nicht, statt lange und ein Mal in der Luft zu schweben, viele Male und nur einige Augenblicke lang schweben? Das Ergebnis wäre doch dasselbe.

Ich beschloß also zu springen.

Am Samstagabend ging ich in die Kneipe, um mich von dem Präsidenten, dem Buchhalter und dem Referenten zu verabschieden, für immer zu verabschieden, obwohl ich ihnen natürlich nicht erzählte, daß es für immer war. Der

Abschied zog sich in die Länge, und die Abreise wurde auf den Montag verschoben. Macht nichts, die Erde dreht sich auch noch am Montag.

Wegen der Notwendigkeit, mit Gepäck zu springen, packte ich nur die unentbehrlichsten Dinge in den Koffer. Ich zog mir auch leichte Sachen an, die Erde wird mir verschiedene Klimazonen unterschieben, ich suche mir ein wärmeres Klima aus als bei uns. Ich beabsichtigte definitiv erst in Kalifornien runterzufallen.

Der Wind stand günstig für mich, er wehte von Osten, das heißt mit jedem Sprung schob er mich nach Westen. Die Erde dreht sich von Westen nach Osten, ein Windstoß beschleunigte also jedes Mal meine veränderte Lage zur Erde. Zum besseren Abspringen trug ich Tennisschuhe.

Nach einer Stunde Springen spürte ich eine gewisse Ermüdung. Um sie zu vergessen, rief ich mir in der Fantasie verschiedene ausländische Landschaften in Erinnerung, die ich vom Fernsehen her kannte. Gegen Mitternacht stärkte ich mich mit harten Eiern. Nach dem Essen wurde ich schläfrig.

Den Gesetzen des Kosmos ist es ganz gleich, ob der Mensch stehend oder in horizontaler Lage springt. Ich unterbrach also das Springen und kehrte nach Hause zurück. Zum Glück war mein Haus noch nicht allzuweit zentrifugiert, und ich fand es ohne Schwierigkeit. Ich legte mich allerdings nicht wie sonst ins Bett, sondern auf das Kanapee. Das Kanapee federte besser als die Matratze. Ich stellte es so, daß es von der Ausgangstür in gerader Linie nach Osten stand. Die Tür ließ ich offen. Genau nach Kompaß.

Ich legte mich auf das Kanapee, mit dem Koffer auf der Brust. Ich rechnete damit, daß mich die natürliche Federung des Kanapees, selbst wenn ich einschliefe, in die Höhe schleudern würde. Schließlich dreht sich im Schlaf jeder um, vom Rücken auf die Seite, von der Seite auf den Rücken, von einer Seite auf die andere, und dann federt das Kanapee. Mit diesem Gedanken schlief ich ein.

Ich wachte in der Morgendämmerung auf, immer noch auf dem Kanapee, immer noch zu Hause. Warum?

Ich fand die Lösung des Rätsels. Schuld war mein tiefer Schlaf. Ich hatte so tief geschlafen, daß ich mich überhaupt nicht umgedreht und das Kanapee nicht gefedert hatte.

Ich ging in die Kneipe, um den Präsidenten, den Buchhalter und den Referenten zu begrüßen, und als es Abend wurde, ging ich wieder zu ihnen, um mich von ihnen zu verabschieden. Jede Nacht begebe ich mich auf meine weite und letzte Reise ohne Wiederkehr. Leider habe ich einen tiefen Schlaf.

Alles, was ich bräuchte, wäre ein kleines bißchen Schlaflosigkeit.

Nur nicht die Hoffnung verlieren

Wir saßen alle in der Kneipe und überlegten, wie wir das Land ökonomisch weiterentwickeln könnten.

»Wir könnten ja einen Rummelplatz aufbauen«, schlug der Buchhalter vor. »Das bringt immer was ein.«

»Der Gedanke ist nicht schlecht, aber die Durchführung ist schwierig«, widersprach der Kassierer. »Einen Platz haben wir, aber woher nehmen wir die Attraktionen?«

»Man könnte zum Beispiel einen Feuerschlucker zeigen, oder eine Frau mit Bart«, träumte der Referent.

»Na klar, Feuer kann man zur Not noch schlucken, aber eine Frau mit Bart? Woher nehmen wir die?«

»Na, dann stellen wir meinen Onkel mit Bart hin, der rasiert sich sowieso nicht. Der Onkel ist sogar besser als eine Frau, im Hinblick auf die Moral der Jugend.«

»Ein Onkel mit Bart ist überhaupt keine Attraktion.«

Wir wurden traurig.

»Ich hab es!« rief der Buchhalter lebhaft. »Das Rätsel der Wissenschaft, das Phänomen des zwanzigsten Jahrhunderts, die Frau ohne Büstenhalter!«

»Das zieht nicht«, bemerkte der Kassierer, »zu viel Konkurrenz. Da würde ich schon eher eine Lachtonne vorziehen.«

»Und wie geht das?«

»Ganz einfach. Der Kunde steigt in die Tonne und das Personal kitzelt ihn so lange unter den Achseln, bis er anfängt zu lachen.«

»Und wenn einer nicht kitzlig ist und noch nicht mal lächelt?«

»Er muß. Es werden immer zwei bei der Tonne stehen.«

»Iiih...« der Referent verzog sein Gesicht. »Das ist nichts Neues. Schon die alten Griechen saßen in einer Tonne. Wir brauchen etwas Durchschlagendes, etwas Eigenes...«

»Ich hab es!« rief der Buchhalter. »Einen Bauchtanz!«

»Der Bauchtanz kommt aus dem Nahen Osten«, belehrte ihn der Referent. »Und da gibt es politische Komplikationen, daran sollte man mit dem Bauch nicht rühren. Außerdem hat der Bauchtanz nichts mit unserer nationalen Volkskunst zu tun.«

»Das kommt darauf an, was man tanzt. Ich dachte an einen Krakowiak, beziehungsweise an eine Polonaise.«

»Unsinn. Beim Krakowiak muß man auf den Boden stampfen, und Sie werden wohl kaum mit dem Bauch auf den Boden stampfen. Die Polonaise dagegen tanzt man in Paaren. Daß die Polonaise öffentlich mit dem Bauch getanzt wird, kommt nicht in Frage.«

Es trat eine quälende Stille ein. Schon schien es, als wäre unsere Idee rettungslos verloren.

»Ich habe eine Idee...« begann der Buchhalter vorsichtig. »Aber ich weiß nicht, ob ich das vorschlagen darf.«

»Aber natürlich, nur nicht die Hoffnung verlieren!« luden wir ihn im Chor ein. »Also, was schlagen Sie vor?«

»Daß wir noch etwas trinken.«

Der Vorschlag wurde angenommen. Es läßt sich eben in jeder, selbst in der schwierigsten Lage, ein Ausweg finden.

Jaś, der Blindgänger

Ich hatte einen Freund, Jasio N.

Jaś N. verspürte von Kindheit an einen Drang zu allen Rohren.

Schon als Säugling verlangte er heftig nach jedem möglichen Rohr. Die Dachrinne, das Gasrohr, das Hosenbein ungebügelter Hosen zogen Jasio an.

Ähnlich wie das Genie in der Musik zeigt sich auch das Genie in Rohren frühzeitig. Das Rohr zog den kleinen Jasio in ähnlicher Weise an wie den kleinen Mozart das Klavier.

Als er heranwuchs, war er oft verschwunden. Man fand ihn in einen Autoreifen gerollt oder gewöhnlich in einem Kanalisationsrohr.

Außer seiner Vorliebe für Rohre zeichnete sich Jasio durch einen ungewöhnlich harten Kopf aus.

Als man ihn aus der Vorschule hinauswarf, arbeitete er bei einem Glaser. Der Glaser nahm ihn an den Beinen, drückte seinen Kopf an die Scheibe und zerschnitt damit das Glas.

Die Belohnung gab er der Mama, die Witwe war. Der Vater war beim Aufdrehen einer Wasserleitung ums Leben gekommen. Er war hineingesaugt worden. Vererbung?

Später verlor ich Jasio N. aus den Augen. Ich traf ihn zufällig, als ich mich ins Theater begab.

Jasio N. war Schauspieler geworden. Vor den Augen des Publikums lud man ihn in eine Kanone und schoß ihn mitten auf eine Zementscheibe. Das war die Zeit, als im Theater nur Effekte etwas galten.

Das Genie von Jasio offenbarte sich also in der Kunst. Der Lauf, das ist das Rohr par excellence.

Inmitten der Waffen schweigen die Musen. Und der Krieg unterbrach Jasios künstlerische Entwicklung.

Er diente in der Artillerie als Munition. Man schoß ihn aus einem Geschütz ab, er flog mit dem charakteristischen Pfiff über die feindlichen Gräben, rief: »Bum!« und lief so schnell er konnte zurück zu den Seinen. Das brachte ungeheure Einsparungen, denn Jasio konnte man unbegrenzt oft verschießen, falls er sich nicht erkältete.

Die Technik entwickelte sich weiter, und man führte Gewindeläufe ein. Das Gewinde gab Jasio eine sehr schnelle Umdrehung nach dem Abschuß, und ihm wurde schwindlig. Wenn er über den feindlichen Gräben landete, war er schon apathisch. Er rannte nicht mehr zurück, sondern lief langsam und blieb unterwegs oft stehen. Er war keine Schnellfeuerwaffe mehr.

Man versetzte ihn in die Luftabwehr. Wenn er in Richtung des feindlichen Flugzeugs geschossen wurde, guckte Jasio durch das Fenster in die Pilotenkabine und schrie: »Du kannst mich mal!« Der überraschte und enervierte Pilot verlor die Herrschaft über die Maschine, während Jasio normal runterfiel.

Angeblich hatte man ihn am Ende des Krieges auch in der Panzerabwehr eingesetzt. Zugegeben, man hat ihn dafür mit einer Pickelhaube versehen.

Jasio erhielt viele Auszeichnungen und Ehrungen. Wenn ich allerdings diese Geschichte erzähle, dann nur als Beispiel, wie der Krieg den Charakter entstellt. Die Begabungen, die in Friedenszeiten der Kunst dienen, können auch im Krieg nützlich sein, doch es fällt den Künstlern, die durch die Hölle des Krieges gegangen sind, schwer, sich dann wieder an die Bedingungen des Friedens zu gewöhnen.

Nach der Demobilisierung verschwand Jasio, keine Nachforschungen brachten irgendwelche Ergebnisse. Bis wir erst vor kurzem von den Umständen hörten, die mit einer Tragödie für ihn geendet haben mochten.

Beim Spielen fand eine Gruppe von Kindern Jasio N. in einem Wäldchen. Er hatte dort seit Beendigung der Kriegshandlungen gelegen. Die Kinder, die sich keiner Gefahr bewußt waren, begannen mit ihm zu spielen. Da wollte Jasio einem das Bein ausreißen, aber er schaffte es nicht.

Er war wohl bereits des Lebens müde.

Der Gast

Wir sitzen alle so wie jeden Abend in der Kneipe, es ist warm und gemütlich. Nur eins gefällt uns nicht: Vor dem Büfett sitzt ein Fremder, sicher ein Durchreisender, trinkt Wodka und benimmt sich nicht anständig. Er macht den Tisch schmutzig, er zerschlägt die Lampe, er schreit staatsfeindliche Parolen.

Wir verstehen, daß jeder nach seiner Arbeit ein Recht auf Erholung hat, also sagen wir erst einmal nichts. Aber als er dem Präsidenten ins Bier spuckte, sagten wir Józio, unserem Kellner, er möge ihn hinauswerfen.

Józio ging zu dem Gast und packte ihn höflich am Kragen, da sagte der Gast zu ihm: »Zeigen Sie mal Ihre Hände.«

Józio ist höflich, er zeigte seine Hände, und er hat große und überhaupt sehr starke Hände. Der Gast besah sie sich und rief: »Was? Mit solchen Händen wollen Sie einen Gast rausschmeißen? Ganz schwarz unter den Fingernägeln, fettige Finger, völlig ungewaschene Hände. Eine Schande! Das soll hygienisch sein? Ich werde mich bei der Gesundheitskommission beschweren!«

Józio war ganz verwirrt, kehrte zu uns zurück und fragte, was er tun solle. Wir sahen seine Hände an, sie waren wirklich nicht sehr... Aber darüber gleich so zu stänkern...

»Er ist wählerisch«, sagte der Präsident. »Man sieht gleich, daß er nicht von hier ist. Józio, geh und wasch dir die Hände.«

Józio ging in die Küche, kam zurück, ging wieder zu dem Gast und packte ihn am Kragen. Der Gast schnupperte, verzog sein Gesicht und sagte: »Entweder haben Sie eine merkwürdige Seife, oder sie hat den Schmutz nicht abgewaschen. Ich reklamiere.«

Józio wurde rot, kam zu uns, wir überprüften das, tatsächlich, irgendein undefinierbarer Geruch. Józio jammerte: »Ich habe sie in der Suppe gewaschen, weil es kein warmes Wasser gibt. Was will er denn noch?«

Darauf der Präsident: »Man könnte ja schnell dieses Parfüm ›Zauber der Nacht‹ besorgen, aber es ist schon spät. Du mußt ihn mit einer Serviette hinausschmeißen. Józio, nimm die sauberste Serviette, die du hast, und raus mit ihm.«

Józio näherte sich dem Gast, packte ihn mit einer Serviette, hatte ihn schon vom Stuhl gehievt, als der Gast etwas zu ihm sagte. Józio setzte ihn wieder zurück und kam zu uns. Wir sahen, daß er den Tränen nahe war.

»Die Serviette gefällt ihm auch nicht. Er sagt, sie ist nicht frisch. Woher soll ich denn eine frische Serviette für ihn nehmen?«

»Faß ihn mit Papier an«, riet der Präsident.

»Papier ist doch nicht elegant«, stöhnte Józio. »Ich gehe ihn mal fragen, vielleicht ist er damit einverstanden.«

Aber der Gast war nicht einverstanden. Uns tat Józio leid, so ein großer Mann und stand beim Büfett und weinte wie ein Kind.

Ich konnte das nicht länger mit ansehen. »Józio«, sagte ich, »es gibt keinen anderen Ausweg: Trag ihn auf einer Gabel raus. Das ist hygienisch und elegant – wie im Ausland.«

Und was meint ihr? Der Gast wollte nicht einmal eine Gabel, er ging von allein. Was sind das für Leute heute?!

Mittags

Ich sitze in der Küche und spiele mit mir selber ein Millionenspiel, da kommt der Nachbar und sagt: »Komm schnell, um zwölf gibt es auf dem Marktplatz einen Selbstmord.«

Ich hatte keine große Lust aufzuhören, weil ich gerade am Gewinnen war, aber ich dachte mir: Wenn ich nicht hingehe, wird es mir später leid tun. Also nahm ich die Pudelmütze, so eine Wollmütze, weil es ziemlich windig war, und wir zogen los.

Auf dem Markt trafen wir schon eine Menge Leute an. Derjenige, der den Selbstmord begehen sollte, war aus unserem Städtchen. Sein Verhältnis zum Militär war in Ordnung, sein Gesicht war oval. Er hatte *Onkel Toms Hütte* gelesen, über die Unterdrückung der Schwarzen und sich dabei so aufgeregt, daß ihm nichts im Leben mehr Freude machte. Er ging einfach auf den Marktplatz, in unser größtes Mietshaus, das dem Apotheker gehörte. Das Mietshaus war einstöckig, aber auf Druck des staatlichen Zwangsinstituts hatte man noch ein weiteres halbes Geschoß darauf gebaut. Und auf diesem Stockwerk war ein Balkon.

Als wir kamen, war er noch nicht gesprungen, er stand auf dem Balkon und wartete auf den Vorsitzenden. Der Vorsitzende war mit dem Landvermesser zum Steinkohlenbergwerk gefahren, das sie in unserer Gegend neu eröffnet hatten und war noch nicht zurück.

»Er springt in Tennisschuhen«, bemerkte der Sponsor des Sportkreises. »Tennisschuhe geben einen guten Abdruck.«

»Aber gegen den Wind«, sagte der Verkäufer. »Heute früh wollte ich auf einen Kunden spucken, und weg war die Spucke, so windig ist es.«

Weil immer mehr Leute kamen, unter ihnen auch ältere, brachte der Apotheker Stühle auf den Marktplatz und nahm fünfzig Groschen für einen Sitzplatz.

Endlich kamen der Vorsitzende und der Landvermesser, und der Selbstmörder konnte anfangen.

Also nahm er Anlauf und sprang. Aber er rutschte auf irgendwas aus und stolperte. Es stellte sich heraus, daß die Apothekersfrau Pudding auf dem Balkon hatte.

»Zieh die Tennisschuhe aus!« rief ihm der Buchhalter zu. »Auf Gummisohlen schaffst du es nicht!«

»Barfuß ist unhygienisch«, widersprach der Leiter des Gesundheitsamtes. »Wie lange soll ich das euch noch predigen, ihr ungebildeten Provinzler?«

»Die Füße kann man pasteurisieren«, mischte sich der Sohn des Ersten Sekretärs ein. »Das habe ich in der Jugendbeilage zu *Wissenschaft und Wissen* gelesen.«

»Wer ist hier ungebildet?« rief der Buchhalter beleidigt. »Kennst du den *Götz von Berlichingen*?«

»Er springt, er springt!« schrie die Menge.

Tatsächlich sprang der Selbstmörder und fiel direkt auf den Abtreter vor dem Eingang des Mietshauses. Ob es jedoch deshalb war, weil die Stockwerke bei uns so provinziell sind oder aufgrund des allgemeinen Mangels an solider Ausführung, die unsere Gesellschaft quält, jedenfalls passierte ihm nichts. Er stand gleich wieder auf, klopfte den Staub von den Hosen ab und raste wie der Blitz wieder nach oben.

»Treten Sie sich wenigstens die Füße ab!« schrie die Apothekersfrau. »Die Treppen sind frisch gescheuert!«

Der Selbstmörder erschien wieder auf dem Balkon.

»Springen Sie in einem Winkel von fünfundvierzig Grad!« rief der Landvermesser. »Wie bei einem Parabolspiegel!«

»Was heißt da Parabolspiegel?« bemerkte der Friseur. »Das wichtigste ist der Start. Ich erinnere mich, wie wir in der Armee auf die Trommel gesprungen sind.«

Offensichtlich hatte der Selbstmörder das gehört, denn er zog sich durch die Balkontür bis ins Schlafzimmer zurück, sprang auf das Bett des Apothekers, um besseren Schwung für den Anlauf zu bekommen.

»Um Gottes Willen, in Schuhen!« schrie die Apothekersfrau.

Er sprang, aber auch diesmal ohne jedes Ergebnis.

»Habe ich nicht gesagt, daß man den Marktplatz pflastern sollte«, wandte sich der Vorsitzende an die Menge. »Aber Ihnen tat es ja leid um die paar Groschen. Jetzt habt Ihr das Ergebnis.«

»Im Kulturklub gibt es eine Büste«, erinnerte sich der Leiter des Ideologischen Bildungsinstituts. »Die wiegt bestimmt zehn Kilo. Wenn man ihm die an die Hosen bindet, würde es die Fallkraft verstärken.«

Der Selbstmörder sprang und sprang, bis er vom dauernden Treppensteigen ganz verschwitzt war. Endlich verschwand er nach einem erneuten Sprung wieder in der Diele, war aber lange nicht auf dem Balkon zu sehen.

»Vielleicht ist ihm was passiert?« beunruhigte sich der Friseur. »Ich gehe mal nachsehen.«

Er ging ins Mietshaus und kam nach einem Augenblick zurück.

»Er sitzt auf der Treppe und weint«, verkündete er.

Wir gingen nach Hause.

Es geht eben nichts über eine Hauptstadt. Da gibt es Wolkenkratzer, Hochhäuser, mehrstöckige Paläste und andere …

Nomenklatur

»Meine Herren«, sagte der Präsident, »wir können es nicht länger verbergen, wir, der Vorstand der Genossenschaft ›Helle Zukunft‹, sind eine verbrecherische Organisation.«

»Seit wann?« fragte der Sekretär sachlich.

»Seitdem uns Veruntreuung, Unterschlagung und selbst Diebstahl am öffentlichen Eigentum bewiesen wurde, das heißt, seit kurzem.«

»Wenn das so ist«, stimmte der Sekretär zu, »dann sind wir der schlimmsten Verdammung würdig.«

»Genau«, nickte der Schatzmeister, »verdammen wir uns, und dann wird Ruhe sein.«

»Dieses Mal genügt Selbstkritik nicht. Die Gesellschaft erwartet von uns etwas Radikaleres.«

»Wenn wir uns nun mit aller Entschiedenheit verdammen würden?«

»Auch zu wenig. Ich schlage vor, daß wir uns auflösen.«

»Und wenn sie uns schnappen?«

»Keine Bange. Wir vereinigen uns wieder als ›Kommission zur Untersuchung der verbrecherischen Tätigkeiten des Vorstands der Genossenschaft Helle Zukunft‹.«

Binnen kurzem nahm die Kommission zur Untersuchung der Tätigkeiten ihre Tätigkeit auf. Die Vorwürfe, daß ihre Mitglieder noch höhere Gehälter als auf den früheren Posten bezogen, erwiesen sich als unbegründet. Niemand hatte bessere Qualifikationen als sie.

Bargeldloser Verkehr

Am Montag brachte mir der Briefträger einen Brief folgenden Inhalts:

»Entweder du legst bis Donnerstag unter den Stein auf der kleinen Grünanlage vor der Kneipe hunderttausend Złoty oder du wirst was erleben!» Unterschrift: »Oswald.«

Ich rechnete aus, daß mein Jahresgehalt dafür nicht ausreichte. Was sollte ich tun? Ich wollte in meinem Alter nicht sterben. Ich setzte mich hin und schrieb folgenden Brief:

»Sehr geehrter Herr, entweder finde ich bis spätestens Mittwoch vor der Kneipe auf der kleinen Grünanlage unter dem Stein hunderttausend Złoty, oder ich werde es Ihnen zeigen. Ihr Totenschädel. Post Scriptum: Ich bitte nicht für mich, sondern für jemanden, der es nötig hat.«

Nach einigem Nachdenken strich ich »hunderttausend« aus und schrieb »hundertfünfzigtausend» darüber. Warum sollte ich bei der Gelegenheit nicht was verdienen?

Jetzt mußte ich nur überlegen, wem ich diese Karte schicken sollte, wo sowieso niemand Geld besaß. Ich schickte sie schließlich einem Kollegen, mit dem ich seit meiner Kindheit befreundet bin. Er hat auch kein Bargeld, aber ich kenne wenigstens seine Adresse, und er ist ein Freund.

Am Mittwoch ging ich zur Grünanlage und sah unter den Stein. Geld war keins da, nur eine Karte.

»Sehr geehrter Herr Schädel, ich kann nur fünfzigtausend bringen und das auch erst frühestens Freitag morgen.«

Auch was wert, dachte ich. Im übrigen, woher sollte der Kollege so viel Geld haben?

Es näherte sich aber der fatale Donnerstag, und ich hatte immer noch kein Bargeld für Oswald. Ich schrieb ihm ein kurzes Briefchen, das lautete:

»Herr Oswald, es tut mir leid, aber ich kann Ihnen erst Sonnabend früh und nur fünfzigtausend geben. Gezeichnet: das Opfer.«

Nach kurzem Nachdenken verbesserte ich die »fünfzigtausend« in »fünfundzwanzigtausend« – Warum sollte ich bei der Gelegenheit nichts verdienen? – und legte das Briefchen unter den Stein.

Freitag früh lag kein Geld unter dem Stein, nur ein Brief von dem Kollegen.

»Lieber Herr Schädel, ich entschuldige mich außerordentlich für die Verspätung. Das Geld wird da sein, aber erst am Sonntag. Leider nur die Hälfte.«

Und das sind die folgenden Briefe, meine an Oswald und die meines Opfers an mich:

»Herr Oswald, machen wir Schluß damit. Am Montag gebe ich Ihnen hundert Złoty.«

»Herr Schädel, leider bekomme ich erst am Montag fünfzig Złoty von jemandem wieder, der sie mir schuldet. Also frühestens Dienstag, okay? Ich küsse Sie auf die Kinnlade.«

Und dann, schon am nächsten Freitag, fand ich unter dem Stein nur ein Päckchen Giewont-Zigaretten. Auch was wert.

Nur daß es sowieso meine Giewont waren.

Ausstellung

Das Fotogeschäft am Markt veranstaltete eine Ausstellung ›An den Quellen unserer Errungenschaften‹. Die Ausstellung bestand aus Fotos des Präsidenten im Vorschulalter, nackt, auf dem Bauch, auf dem Fell eines Tigers.

Am Tage nach der Eröffnung rief mich der Präsident zu sich und fragte nach den Stimmen der öffentlichen Meinung.

»Sie sagen, das sei ein entzückendes Kind. Man will es einfach in den Arm nehmen und wiegen.«

»Das betrifft das Ganze. Aber in den Details?«

»Mollige Beinchen ...«

»Und was noch?«

»Kleine Äuglein, aber wie sie gucken! Und diese Ärmchen, dieser kleine Rücken!«

»Und das Bäuchlein?«

»Das Bäuchlein? Nun ja, auch sehr nett.«

»Gut. Und der Rest?«

»Das heißt was?«

Der Präsident trank einen Schluck Wasser.

»Na, überhaupt der Rest. Das Hälschen oder so ...«

»Der Rest ... Na, wie der Rest so ist. Harmonisch.«

»Na, ist in Ordnung. Sie können gehen«, sagte der Präsident, aber ich sah, daß ihn irgendwas quälte.

Vor der Ausstellung stand eine Menschenmenge. Jeder wollte es sehen. Eine Woche später rief mich der Präsident wieder zu sich.

»Haben sie im Büro was gesagt?«

»Natürlich, der Referent hat gesagt, daß Sie, Herr Präsident, einen…«

»Und die anderen?«

»Die anderen haben ihm zugestimmt.«

»Meint ihr nicht, daß man was tun sollte? Eine Dokumentation der Errungenschaften muß sein, selbstverständlich, aber andererseits bin ich so ohne Kleidung…«

»I wo, das Volk hat schon so vieles gesehen.«

Aber am nächsten Tag befahl der Präsident, ihm ein Höschen dazu zu retouchieren.

Na gut, aber die Besucherzahlen fielen.

Der Beschwörer

Einmal erzählte der Buchhalter in der Kneipe, daß man in Indien Schlangen beschwört.

»Das ist kein Kunststück«, sagte Józio, der Kellner, der daneben stand und dem Gespräch zuhörte.

»Wieso nicht?« empörte sich der Buchhalter. »Du könntest das wohl, ja?«

»Na, sicher kann ich das! Sind die etwa besser? Bringt mir nur eine Schlange.«

»Woher sollen wir eine Schlange nehmen? Der Apotheker hat eine in Spiritus, aber es muß eine lebendige Schlange sein, nicht eine aus dem Glas.«

»Es kann sogar ein Schlauch sein«, prahlte Józio. »Ich werde mit allem fertig.«

Da erinnerten wir uns, daß der Sohn der Kassiererin eine Ringelnatter besaß. Trotz der späten Stunde begaben wir uns zu ihm. Den Käfig mit der Amphibie stellten wir auf das Büfett. Józio stellte sich gegenüber hin und wir im Kreis drum herum. Die Ringelnatter schlief auf der Unterlage.

»Na, dann fang an, Józio«, gab der Buchhalter das Zeichen.

»Du Tochter einer Hure, du Ratte, du Natter«, sagte Józio zur Schlange.

»Er beschwört sehr gut«, flüsterten wir anerkennend.

Józio war für seinen reichen Wortschatz bekannt. Aber die Schlange zuckte nicht mal.

»Vielleicht hatte sie keine Mutter?« äußerte ich eine Vermutung.

»Du Tochter einer Hure, du Ratte, du Natter, bald hierhin, bald dorthin!« setzte Józio seine Beschwörung fort.

»Sie reagiert nicht«, stellte der Buchhalter fest. »So eine Tochter.«

Józio wurde rot und zog das Jackett aus. Er holte tief Luft und fluchte: »Ich werde dir den da reinschieben, bald hierhin, bald dorthin und rückwärts und vorwärts und seitwärts und quer!«

Die Schlange schlief ruhig weiter. Józio tat uns leid. Schließlich kannte er Beschwörungen wie niemand und bemühte sich, so gut er konnte.

Die Beschwörung dauerte und dauerte, aber ohne Ergebnis, obwohl Flüche gesagt wurden, die nicht erst seit heute erprobt sind. Nach einer Stunde war Józio total erschöpft und den Tränen nahe. Wir flüsterten ihm von der Seite her zu, an was sich so jeder erinnerte, es ging schon nicht mehr um Józio, es ging um unsere Ehre den Indern gegenüber. Nichts half, und schließlich gaben wir auf.

Józio brach völlig zusammen. Er hörte auf, derartige Ausdrücke zu gebrauchen, und wurde Leiter der Vorschule.

Aber hat er wirklich ganz aufgegeben? Angeblich lernt er an den freien Tagen Sanskrit.

Die Perle

Ich war schon ein reifer und resignierter Mann, als ich erfuhr, wie Perlen entstehen. Im Meer lebt eine gewisse Gattung von Krebstieren, die aufgrund einer durch die Umgebung hervorgerufenen Nervosität, und die Gründe für die Nervosität können sehr verschieden sein, ob das ein Sandkörnchen ist, das sie drückt oder etwas anderes, eine Substanz absondern – eine Perle. Je nervöser der Krebs ist, desto schöner die Perle.

Ich fing im Garten zwei Schnecken, die meinen Plänen zu entsprechen schienen. Ich legte sie in die Wanne, und die Wanne füllte ich mit Wasser mittels Aufdrehen des Wasserhahns. Ganz wissenschaftlich. Die ersten beiden Wochen ließ ich sie in Ruhe, weil ich dachte, daß sie von selbst nervös würden. Ihre Bedingungen waren erstklassig: eine enge Wohnung, fünf Kinder im Haus und der Fernseher der Nachbarn hinter der Wand.

Hatten sie so starke Nerven? Waren die Bedingungen unzureichend? Ich beschloß also, die Bedingungen zu verbessern und holte Verwandte aus der Provinz zu uns.

Es half nichts. Also mußte man sie zusätzlich enervieren. Ich schloß mich ins Badezimmer ein und las ihnen die Zeitung vor. Katastrophen, Krisen, Kriminalität, Teuerung, Korruption, die unfähige Regierung… Währenddessen wuchs die Schlange vor der Badezimmertür, weil jetzt außer der Frau und den Kindern auch noch diese Verwandten an die Tür schlugen und schrieen.

Von einer Perle aber keine Spur, obwohl ich beide Krustentiere täglich befühlte, um das zu überprüfen. Die haben wohl überhaupt keine Nerven.

Erst nach drei Monaten begann sich was zu rühren. Zwar nicht bei den Krebstieren, aber ich spürte, daß in mir etwas anwuchs. Immer mehr drückte mich irgendwas, würgte mich sogar.

Ich warf die Schnecken raus, aber die Verwandten blieben. Und jetzt stehe ich in der Schlange vor dem Bad. Aber das macht nichts, die Perle ist schon im Werden.

Der Hut

Der Präsident ließ uns rufen:

»So kann es nicht weitergehen. Ihr lauft in irgendwelchen Schirmmützen rum oder sogar barhäuptig. Die Autorität der Institution leidet darunter. Ich gebe zur Kenntnis, daß ich aus dem Repräsentationsfond einen marengofarbenen Borsalino gekauft habe, erste Filzqualität. Dieser Hut ist obligatorisch für die Angestellten, die sich zu dienstlichen Zwecken in die Stadt begeben. Werden Sie zivilisiert, meine Herren!«

Der Diensthut gefiel uns allen sehr. Er hing im Büro des Präsidenten, eingeschlosen im Schrank, damit er nicht verstaubte. Die Bestellung des Huts schrieb man im Sekretariat aus, bekam eine Quittung bis zur Rückgabe. Den Schlüssel zum Schrank hatte der Präsident.

Aber nicht jeder hatte den gleichen Kopfumfang. Der Unterreferent der Abteilung hatte einen nicht sonderlich großen Umfang und stopfte den Hut jedes Mal mit Zeitungspapier aus. Es gab Beschwerden, aber am meisten beklagte sich der Referent. Er sagte: »Der Unterreferent entfernt nach Gebrauch nie die Zeitungen; außerdem ist das ein Ausstopfen der öffentlichen Meinung.«

Dem Präsidenten fielen zwei anonyme Briefe in die Hände. Der eine lautete: »Vom hygienischen Gesichtspunkt aus halte ich es für meine Pflicht mitzuteilen, daß der Unterreferent Schuppen hat.« Und der zweite: »Ich möchte hiermit kundtun, daß der Referent einen Wasserkopf hat.«

Man berief eine Versammlung ein, auf der die Angelegenheit des Referenten und des Unterreferenten angesichts einer erheblich wichtigeren Sache in den Hintergrund trat. Man hatte nämlich den Buchhalter, als er dienstlich in der Stadt war, ohne Hut auf dem Kopf gesehen. Dafür hatte er sich mit dem Hut Luft zugefächelt und dem Staatsschatz Verluste zugefügt, weil er den Hut nicht gemäß seiner Bestimmung benutzt hatte, und der Hut sich somit nicht amortisieren konnte. Der Buchhalter versuchte sich zu verteidigen, ihm sei heiß gewesen. Der Präsident nahm das nicht zur Kenntnis, sondern erklärte, natürlich könne sich der Buchhalter Luft zufächeln, aber mit irgendeinem privaten Gegenstand. »Der Hut ist Staatseigentum«, erklärte der Präsident. »...und nur zum Gebrauch in der Dienstzeit bestimmt.«

Dann war Sonntag, ein freier Tag. Ich ging ganz privat die Straße lang, schaute, und wer kam mir entgegen? Der Präsident mit seiner Frau, und auf dem Kopf hatte er unseren marengofarbenen Filzhut. Er ging weiter und tat so, als ob er mich nicht sähe. Ich dachte: Soll ich mich verbeugen oder lieber auch so tun, als ob ich ihn nicht sähe? Wenn ich mich nicht verbeuge, heißt das, daß ich einem Vorgesetzten nicht die gehörige Achtung entgegenbringe. Mich zu verbeugen ist aber nicht gut wegen des Hutes. So habe ich mich denn verbeugt – und dabei so getan, als ob ich ihn nicht sähe.

Die Erbse

Ich weiß nicht, wie es kam, daß ich mir ein Erbsenkorn in die Nase pflanzte. Und ich hätte mich überhaupt nicht mehr daran erinnert, wenn nicht nach einer Weile, während der Dienstzeit, der Präsident zu mir gekommen wäre und gesagt hätte: »Was ist, Herr Kollege, schlagen Sie aus?«

»I wo… woher denn, bei diesem Gehalt?«

»Aber bei Ihnen keimt trotzdem etwas, sehen Sie nur in den Spiegel.«

Ich sah in den Spiegel und tatsächlich, mir wuchsen junge Triebe.

»Machen Sie sich keine Sorgen«, sagte der Präsident. »Sie haben ja schließlich eine genossenschaftliche Versicherung, die Heilung kostet Sie nichts.«

Ich schrieb mich in die Warteliste beim Arzt ein. Die Schlange war lang, es kam der Frühling und die Erbse wuchs, die gesamte Natur erwachte zum Leben.

Im Büro störte das niemanden.

»Sie duften sogar gut«, sagte die Stenotypistin. »Ganz als wäre man auf dem Lande.«

Nur für mich wurde es langsam unbequem, ich konnte quasi nur noch wie hinter einem Strauch vorgucken, und die Schlange bewegte sich so langsam vorwärts…

So ungefähr Ende Mai kam ich beim Arzt dran. Der sah mich an und sagte: »Das ist nichts für mich.«

»Für wen dann?«

»Für den Gärtner. Für mich ist es zu spät.«

»Aber mit der genossenschaftlichen Versicherung kann ich nicht zum Gärtner gehen, und zu einem privaten Gemüsekrämer werde ich nicht gehen.«

»Da kann ich Ihnen auch nicht weiterhelfen«, sagte der Arzt. »Der Nächste, bitte.«

Ich machte mir ernsthafte Sorgen, denn die Triebe waren schon sehr groß. Aber es gibt nichts Schlechtes, was sich nicht zum Guten wenden könnte.

Es war keine Woche vergangen, als mich der Präsident zu sich rufen ließ: »Hören Sie, Herr Kollege, so schöne Erbsen gibt es selten. Wir schicken Sie als Exponat auf die Ausstellung ›Errungenschaften unseres Bezirks‹. Ich gratuliere Ihnen herzlich.«

Und ich fuhr als Exponat auf die Gartenausstellung. Sie sparten dabei sogar noch, denn weder brauchte man einen Blumentopf noch kostete der Transport was. Ich fuhr auf dem Fahrrad.

Auf der Ausstellung erblühte ich.

Im nächsten Jahr pflanze ich mir eine Orchidee ins Ohr. Schließlich zählt nicht nur das Nützliche, sondern auch das Schöne.

Peace

Auf unserem Marktplatz eröffneten sie eine Sport-Schießbude. Ein Schuß fünfzig Groschen. Man konnte einen Kościuszko aus Gips gewinnen, eine Katze und sogar eine Flasche Wein aus Exporttrauben.

Kościuszko interessierte uns nicht, obwohl er natürlich ein tapferer Führer war. Die Katze war auch nicht interessant. Der Wein dagegen zog unsere Aufmerksamkeit an.

»Das lohnt sich«, rechnete der Buchhalter. »Eine Flasche Wein für fünfzig Groschen. Das ist besser als Wohlstand. Für hundert Złoty zweihundert Flaschen. Das reicht für zwei, drei Tage. Wer von den Kollegen kann gut schießen?«

»Ich war in der Armee«, sagte der Lagerverwalter. »Aber nur in der Pontonabteilung mit Rücksicht auf meinen Wasserkopf.«

»Ich habe mal nicht schlecht geschossen«, sagte der Referent. »Aber nicht auf Ziele. Vielleicht Sie?«

Ich fühlte mich dem nicht gewachsen, aber ich erinnerte mich, daß mein Großvater an irgendeinem Aufstand teilgenommen hatte. Wir schlugen dem Großvater vor, gemeinsame Sache zu machen: ein Glas von jeder Flasche und Erstattung der Munitionskosten. Aber es stellte sich heraus, daß mein Veteranengroßvater als Sensenträger gekämpft und vom Schießen keine Ahnung hatte. Er wollte sogar mit einer Sense in die Schießbude gehen, aber sie ließen ihn nicht.

»Es bleibt uns nichts anderes übrig«, sagte der Buchhalter, »wir müssen irgendeinen Soldaten auf Urlaub finden.«

Wir sahen uns auf dem Platz um: Da ging auch schon einer. Er schien geeignet zu sein. Wunderschöne Schulterstücke, eine eingedrückte Mütze mit Rand, Streifen, goldene Tressen, ein waches Auge. Wir trugen ihm unser Anliegen vor.

»Wird gemacht«, sagte er. »Nur daß ich das Geld im voraus will, kein Schuß ohne Vorschuß.«

Wir gingen also zum Büfett, um den Vorschuß anzuweisen. Gegen Abend hörten wir auf zu kassieren. Wir begaben uns zum Schießstand. Wir kauften gleich zweihundert Schuß aus der Beitragskasse, um uns nicht in Kleinigkeiten zu verlieren. Der Schießstandbesitzer lud das Luftgewehr und gab es unserem Soldaten.

»Feuer!« rief der Buchhalter.

»Augenblick«, sagte der darauf. »Halt mir mal den Lauf, da flattert was.«

Der Buchhalter hielt den Lauf und ich den Buchhalter, weil der auch flatterte. Ein Schuß fiel.

»Eins!« rechnete der Buchhalter triumphierend. »Herr Schießmeister, gib uns eine Flasche!«

»Was für eine Flasche?« wunderte sich der Schießstandbesitzer und klaubte sich die Schrotkörner aus dem Körper. »Er hat mich getroffen. Dafür gibt es nicht einmal einen Kościuszko. Sie verlassen dieses Haus, meine Herren, Sie stellen eine öffentliche Gefahr dar.«

»Sie wollen ein Offizier sein?« rief der Buchhalter verbittert aus, als wir uns schon draußen befanden. »Eine Schande für die Admiralsuniform.«

»Was für eine Admiralsuniform?« wunderte sich unser Schütze. »Ich arbeite als Portier im Holiday Inn, und das ist meine Dienstuniform. Ich verabschiede mich, ich gehe zur Nachtschicht.«

Wir wurden zu Pazifisten; mit der Waffe in der Hand kann man nicht nach Idealen greifen.

Lachtonne

Wir kauften eine Tonne für Gurken und stellten sie in die Scheune. Die Scheune war dunkel, so daß man sich leicht an der Tonne stoßen konnte. Schon am ersten Tag, als wir in der Küche saßen, hörten wir ein Gepolter. Der Großvater, der vom Hof kam, hatte sich daran gestoßen und wir lachten.

Von da an warteten wir jeden Tag, daß jemand in die Scheune kam, und wenn das Getöse anfing, wurden wir sofort fröhlich. Und wenn erst jemand in die Küche kam, der hinkte und sich die Knie rieb, konnte man sich biegen vor Lachen.

Einmal stürzte der Nachbar, und damals bekam der Onkel sogar Seitenstechen vor Lachen, und als sich die Nachbarin das Bein verstauchte, mußte man der Tante auf den Rücken klopfen, weil sie sonst erstickt wäre, so komisch war das.

Danach hatte der Schwager die Idee, ein Unterhaltungsgeschäft daraus zu machen. Er schrieb mit Kreide an das Tor: LACHTONNE IM HINTERHOF LINKS, stellte sich auf den Hof und verkaufte Karten. Die Leute kamen, stolperten, und wir hatten unser Vergnügen. Nur der Schwager hatte außer den Einkünften von den Karten nichts davon.

Damit es noch lustiger wurde, installierten wir eine Falltür im Boden. Der Kunde stolperte erst und dann fiel er in den Keller. Dort war ein Waschzuber mit Wasser aufgestellt, und der Kunde fiel ins Wasser.

Einmal saßen wir in der Küche, der Tag war eher traurig vergangen, denn es hatte geregnet; um so mehr wollten wir uns ablenken. Aber der Zustrom war wegen des Regens ziemlich mau. Wir saßen so da, warteten und warteten, endlich hörten wir, daß jemand in die Scheune kam. Gleich würde es fröhlich werden. Wir horchten, aber nichts passierte. Es öffnete sich nur die Tür, da stand ein Kunde, sah sich um und fragte: »Und wo ist nun diese Tonne?«

»Sie sind hereingekommen und sind unterwegs nicht gestolpert?« fragten wir. »Schließlich ist es doch dunkel in der Scheune.«

»Ich habe mir mit einem Streichholz geleuchtet«, sagte der Kunde.

Es war wirklich ein trauriger Tag.

Dracula

Als Fürst Dracula nach Jahren der Verbannung in sein Schloß zurückkehrte, begrüßte ihn die hiesige Bevölkerung mit Brot und Salz, und die Glocken in den Kirchen läuteten zu seiner Ehre, obwohl der Fürst Kirchen und Glocken nicht mochte. Dieser grausame Herrscher, der blutige karpatische Vampir wurde einst von seinen Untergebenen gehaßt, aber dann, als das kommunistische Regime ihn ersetzte, sehnten sie sich nach ihm. Endlich war das Regime zusammengebrochen, und Dracula kehrte zu seinen Gütern zurück.

Die Begrüßungsfeierlichkeiten waren zu Ende, und die Nacht brach herein. Ein Licht nach dem anderen ging in den Hütten aus, aber im Schloß war immer noch Bewegung und man hörte merkwürdige Geräusche von dort.

Bis in der Morgendämmerung die Schäfer, die das Vieh auf die Weide trieben, den Fürsten erblickten, der aus dem Schloß floh. Er stürzte den Abhang hinunter und gab Schreckensschreie von sich, bis er hinter dem Horizont verschwand. Auf den Mauern des Schlosses aber erschien der Geist Ceaucescus, des letzten Ersten Sekretärs der Rumänischen Kommunistischen Partei.

Jetzt setzt man alle Hoffnung in die ausländischen Touristen. Irgend jemand muß ja schließlich die Macht übernehmen.

Kamikaze

Der Präsident ließ uns rufen und sagte: »Das ›Archiv der unerledigten Angelegenheiten‹ muß aufgeräumt werden. Wer meldet sich freiwillig?«

Niemand meldete sich.

»Dann werde ich jemanden bestimmen. Der Kollege Sekretär wird das machen.«

»Ich habe Frau und Kinder«, flüsterte der Sekretär.

»Der Kollege Buchhalter?«

»Unmöglich. Mich haben sie sogar vom Marsch am ersten Mai befreit.«

»Der Kollege Praktikant?«

Der Praktikant stürzte zu Boden und umfaßte die Knie des Präsidenten. »Tun Sie mir das nicht an!« schluchzte er. »Ich bin jung, das Leben liegt noch vor mir.«

»Schade um das junge Leben«, ließ sich der Kanzleidiener aus der Ecke vernehmen. »Mich hat gestern meine Verlobte verlassen. Mir ist alles egal.«

Er zog los. Er nahm eine Thermosflasche und Trockenproviant für drei Tage mit. Wir begleiteten ihn bis zur Tür des ›Archivs der unerledigten Angelegenheiten‹ und verabschiedeten uns.

Zu Anfang war er noch zu sehen, wie er sich langsam auf den Berg von Papieren schob. Die Akten rutschten ihm unter den Füßen weg, aber er rückte hartnäckig vor.

Am zweiten Tag sah ihn noch der Kanzleidiener durch das Schlüsselloch, wie er an einem Seil hängend auf einem Aktenberg noch irgend etwas ordnete.

Am dritten Tag war er verschwunden. Wahrscheinlich hatte er sich weiter vorgewagt.

Am sechsten Tag hörte man ein fernes Donnern. Der alte erfahrene Kanzleidiener war der Meinung, ihn habe eine Lawine erschlagen. Er hat sicher unaufmerksam auf einem Überhang gestanden, der ist abgebrochen und hat ihn unter sich begraben.

Wir dachten an eine Rettungsexpedition. Aber irgendwas kam uns von Woche zu Woche dazwischen, bis wir schließlich die Angelegenheit der Rettungsexpedition in eine Akte legten und sie von der Dachluke aus in das ›Archiv der unerledigten Angelegenheiten‹ warfen.

Der Perverse

Es ging das Gerücht um, in unserem städtischen Park treibe ein Perverser sein Unwesen. Im Schutz der Dunkelheit nähere er sich einem Passanten, drücke ihm schnell fünfhundert Złoty in die Hand und verschwände spurlos.

Das erste Opfer war unser Kassierer. Er kam blaß wie eine Wand in die Kneipe und hielt einen nagelneuen Fünfhundertzłotyschein in der Hand. Er erzählte, was ihm passiert war, und dann spendierte er uns allen eine Runde, um sich etwas abzukühlen.

Die Nachricht von diesem Vorfall verbreitete sich wie ein Blitz und versetzte alle in verständliche Aufregung. Besonders besorgt waren die Eltern. Sie befürchteten, die Taten des Perversen könnten demoralisierend auf ihre Kinder wirken und ein schlechtes Beispiel geben. Den geheimnisvollen Typen nannte man ›Das Ungeheuer von der Promenade‹.

Der Park ist einsam, nicht erleuchtet, und man hätte schon lang erwarten müssen, daß dort irgendeine Schweinerei passiert. Trotzdem beschloß ich, das Risiko einzugehen und am nächsten Tag da lang zu laufen. Schließlich bin ich kein Feigling.

Die Nacht war finster, rabenschwarz, aber schon am Eingang konnte ich erkennen, daß im Park Massen herumspazierten. Offensichtlich hat das Volk Mut, und so ein x-beliebiger Perverser erschreckt uns nicht. Eher hatte es dieser Schamlose selber mit der Angst bekommen, denn obwohl ich hin und her wanderte, war keine Spur von dem Perversen zu entdecken.

»Na warte nur, du Schuft«, dachte ich. »Ich habe Zeit, ich bleibe, bis die anderen weggehen, und dann werde ich es dir zeigen.«

Erst nach Mitternacht war ich allein im Park. Es war kalt, es nieselte, eine Herbstnacht, wie gemacht für einen Perversen. Ich begann mich unwohl zu fühlen.

Endlich sah ich: Eine Gestalt kroch aus dem Gebüsch und kam auf mich zu.

»Wollen Sie fünfhundert Złoty?« fragte er.

»Von mir aus«, sagte ich. »Ich ergebe mich dem Zwang.«

»Ich möchte auch fünfhundert Złoty«, er darauf. »Rück fünf Hunderter raus und du kannst gehen.«

Ich sah, daß er ein ordentlicher Mensch war, ein normaler, mit einem Schlagring und überhaupt nicht pervers. Er nahm mir nur zweiundachtzig Złoty und dreißig Groschen ab, denn mehr hatte ich nicht bei mir.

Aber ich bedaure diesen Verlust nicht. Hauptsache, die Gesellschaft ist gesund. Es gibt keine Perversen unter uns.

Sławomir Mrożek im Diogenes Verlag

Striptease

und andere Stücke

Aus dem Polnischen von Ludwig Zimmerer

Inhalt: *Polizei, Auf hoher See, Karol, Striptease, Das Martyrium des Piotr O'Hey, Der Truthahn.*

Auf hoher See gibt es kein Entrinnen: Einer der drei schiffbrüchigen Männer auf dem Floß soll aufgefressen werden, damit wenigstens die beiden anderen überleben können. Jeder versucht den anderen davon zu überzeugen, daß gerade er sich opfern müsse. In pointierten Dialogen werden die Lügen und Phrasen erkennbar, mit denen Menschen dazu gebracht werden, ihr Leben zu opfern.

In *Karol* kommen ein ebenso schießwütiger wie kurzsichtiger Opa und sein grobschlächtiger Enkel zu einem Augenarzt. Mittels einer neuen Brille will der Opa den von ihm verfolgten und gehaßten ominösen Karol endlich erkennen und ihm mit der Flinte eins aufs Fell brennen. Der Augenarzt befürchtet, von dem Opa für besagten Karol gehalten zu werden. Aus Angst wird er zum Komplizen der verrückten Karol-Jäger.

In *Striptease* werden zwei Männer in einen gefängnisartigen Raum gestoßen, dessen Türen offen sind. Die Männer, beide in Straßenanzügen und mit Aktentaschen ausgestattet, versichern sich gegenseitig, daß ›das Ereignis‹ keinerlei Bedeutung habe und kein Grund zu Beunruhigung bestehe. Wenn sie wollten, könnten sie ja jederzeit den Raum verlassen. Während die beiden Männer sich in eine philosophische Diskussion über den Freiheitsbegriff verstricken, schließt eine riesige Hand von außen die Türen…

»Als das Stück Anfang der sechziger Jahre auf die Bühne kam, ließ sich dieser *Striptease* unschwer als

absurde Parabel auf die politischen Zustände Polens deuten. Wenn man das Stück heute wieder sieht, ist man fast verwundert, wie allgemeingültig die Botschaft ist.«
Thomas Thieringer/Süddeutsche Zeitung, München

In *Polizei* will der einzige Häftling eines nicht näher bezeichneten Landes endlich das Papier unterschreiben, das ihm seine Freilassung einbringen wird. Der Verschwörer, der inzwischen einzige Oppositionelle im Land, räsoniert, daß er sich wohl im Irrtum befinden müsse, wenn alle anderen Bürger mit der Regierung einverstanden seien. Doch da bittet ihn der Polizeipräsident händeringend, standfest zu bleiben: Wenn er nämlich seinen letzten Gefangenen als ›geläutert‹ freilassen muß, werden er und seine sämtlichen Beamten überflüssig.
»Mrożek hält der Diktatur mit scheinheiligem Augenaufschlag ein ins Groteske übersteigertes Wunschbild begeisterter Untertanen entgegen und schlägt in jedem der drei Akte einen neuen, absurden Salto. Die Satire mündet in eine wahre Verhaftungsorgie: General, Kommandant und Leutnant liefern sich ein dialektisches Scharmützel, bei dem Mrożek die pfiffige Vieldeutigkeit der marxistischen Dialektik persifliert. Schließlich wird jeder von jedem mit überzeugenden Argumenten verhaftet.« *Hellmuth Karasek*

Tango

und andere Stücke

Deutsch von Christa Vogel und Ludwig Zimmerer

Inhalt: *Eine wundersame Nacht*, *Zabawa*, *Der Kynologe am Scheideweg*, *Der Tod des Leutnants*, *Tango*, *Der Hirsch*, *Racket-baby*.

In *Tango* erinnern sich Arturs Eltern und Großeltern an die Zeiten, in denen Tango zu tanzen noch ein Skandal war. Doch mit diesen und allen anderen Zwängen und Konventionen haben sie gründlich aufgeräumt. Der Enkel Artur beschwert sich nun über die totale Freiheit, »weil nichts mehr möglich ist, weil eben alles möglich ist«. Artur fordert sein »Recht auf Aufruhr«.

»Die Stücke des heute in Mexiko lebenden polnischen Autors mögen es, politische und gesellschaftliche Mechanismen derart konsequent ins Absurde zu treiben, daß sie unterhaltsam durchschaubar werden. *Tango* hat von seiner kritischen Qualität als Farce kaum etwas eingebüßt, erweist sich als noch immer verblüffend offen für Deutungen und aktuelle Bezüge: Artur als Yuppie-Sproß der in die Jahre gekommenen Tabubrechergeneration. Oder: Artur als hilfloser ›Fundi‹ im Anything-goes-Geschwätz.« *Neue Zürcher Zeitung*

»Mrożeks Artur ist der Hamlet von heute; eine tragische Figur, weil er die neue Form einer Welt, die ihm nicht behagt, durch eine alte ersetzen will, an deren Inhalte er aber selbst nicht mehr glaubt.«
Die Weltwoche, Zürich

Eine wundersame Nacht verspricht es zu werden, als sich zwei Kollegen auf Dienstreise in einem kleinen, stickig heißen Doppelzimmer wiederfinden. Mit ausgesuchter Höflichkeit besprechen die beiden Herren, wer das Bett am offenen Fenster nehmen soll, wer sich zuerst waschen darf, wer an der Reihe ist, das Licht zu löschen. Nachts erwachen beide durch ein Geräusch: Der vermutete Einbrecher entpuppt sich als junge Dame. Beide Kollegen fühlen sich sehr angesprochen und machen der Dame den Hof – bis der eine bemerkt, daß das Ganze nur ein Traum sein kann. Ein Traum, den sie beide gemeinsam träumen. Und was wäre günstiger als ein Traum, um dem werten Kollegen einmal zu sagen, was man schon seit Jahren von ihm hält?

»Der Ausgangspunkt von Mrożeks Stücken ist die Parodie: ihr Ziel ist die Darstellung des organisierten

Chaos, die Demontage des Mechanismus der modernen – sozialen, moralischen, politischen u.a. – Widersprüche, das Vorzeigen der Gegensätze zwischen Kostüm und Wahrheit, Lebensart und Leben, Wirklichkeit und Weltanschauung. Man sagt in Warschau, Mrożek besitze das absolute Gehör für groteske Zustände, für Komik. Unter der Oberfläche seines Gelächters verbirgt sich – wie in Shaws paradoxen Parabeln und wie in Majakowskis Buffo-Mysterien – das düstere Drama der Gegenwart. Mrożeks Komik möchte die Imitation mit Hilfe der Imitation kompromittieren. Man kommt ihm näher, wenn man sich einen kafkaesk verfremdeten Čechov oder einen slawisch parodierten Kafka denkt. Die Überführung des Schwachsinns der total verwalteten Welt, die Reinigung vom Pathos durch Ironie ist die Katharsis dieser Stücke.« *Karl Dedecius*

Der Botschafter

und andere Stücke

Deutsch von Christa Vogel und M. C. A. Molnar

Inhalt: *Der Botschafter*, *Ein Sommertag*, *Alpha*, *Der Vertrag*, *Das Portrait*, *Die Witwen*.

Der Botschafter eines großen Landes bekommt vom Sonderbeauftragten seines Gastlandes ein merkwürdiges Geschenk: ein großer hellblauer Globus – ohne Kontinente. »Das ist kein Fehler«, sagt der Sonderbeauftragte. »Wir arbeiten noch daran.« Eines Tages, wenn die Aufteilung der Welt perfekt wäre, würden die Kontinente und Ländergrenzen eingezeichnet werden. Noch während der Sonderbeauftragte spricht, hört man eine Stimme um Hilfe rufen. Plötzlich stößt der Kopf eines Mannes oben durch den Globus hindurch, wie ein Küken aus dem Ei. Der Botschafter möchte dem unerwarteten Gast etwas anbieten: »Was darf's denn sein? Ein Martini? Ein Sherry?« – »Asyl!«, antwortet der Mann. »Ich bin Flüchtling. Ich bitte um Asyl.«

Alpha, der angebetete Volkstribun einer Massenprotestbewegung gegen ein totalitäres Regime, wird während eines Aufstands von der Geheimpolizei festgenommen. Man bringt ihn in ein höchst luxuriöses Gefängnis, ein von der Geheimpolizei extra zu diesem Zwecke requiriertes Schloß. Beta, der Chef der Geheimpolizei, erklärt Alpha die Situation. Nach der blutigen Niederschlagung des Aufstandes, ist das Regime um sein Image besorgt: »Wir haben zwar die Macht, aber wir haben keine Ausstrahlung.« Die möchte man sich gern bei Alpha ›ausleihen‹...

Der Vertrag wird zwischen dem älteren, begüterten Herrn – Magnus – und dem jungen Kellner eines Schweizer Nobelhotels – Maurice – geschlossen. Magnus hat sich nämlich verkalkuliert. Sein Geld geht zu Ende, es reicht gerade noch für ein paar Monate Aufenthalt in dem teuren Hotel, das seit Jahren sein einziges Zuhause ist. Zum Selbstmord fehlt Magnus der Mut, deshalb offeriert er Maurice den Rest seines Vermögens dafür, daß er ihn innerhalb einer Woche schmerzlos und überraschend ins Jenseits befördern möge.
»Mrożek zeigt sich mit *Der Vertrag* auf der Höhe seiner Kunst. Der polnische Dramatiker verknappt das Personal seines dialektischen Denkspiels auf zwei Figuren und stellt die Fabel völlig in den Dienst seines Themas: das spannungsreiche und höchst labile Verhältnis von Herr und Knecht.« *Frankfurter Rundschau*

»Mrożek ist ein engagierter Schriftsteller – also hält er die Literatur nicht für eine erhabene Spielerei mit Worten, sondern für ein Mittel, auf die Menschen zu wirken. Er ist Humorist – also meint er es besonders ernst. Er ist Satiriker – also verspottet er die Welt, um sie zu verbessern. Er ist Surrealist – also geht es ihm um die Wirklichkeit, die er mit überwirklichen Motiven verfremdet, um sie zu verdeutlichen. Er ist ein Mann des Absurden – also zeigt er das Widersinnige, um die Vernunft zu provozieren.« *Marcel Reich-Ranicki*

Die Giraffe
und andere Erzählungen
Deutsch von Christa Vogel
und Ludwig Zimmerer

Der vorliegende Band enthält die ersten Erzählungen und kleineren Prosastücke Mrożeks aus den Jahren 1953–1960, darunter so bekannte wie *Der Elefant*, *Hochzeit in Atomweiler*, *Der Schwan* und *Die Giraffe*.

»Mrożek zeigt in surrealistischen Miniaturen, die von grotesken Einfällen strotzen, vor allem die Folgen der Propaganda im Bewußtsein der durchschnittlichen Menschen. Dieser Satiriker kritisiert die Gesellschaftsordnung, in der er lebte, lediglich vom Standpunkt der Logik. Er liebt phantastische Motive, aber er ist der Sachwalter der Vernunft und des gesunden Menschenverstandes. Und eben deswegen verdeutlicht er die Absurdität der von ihm dargestellten Welt.«
Marcel Reich-Ranicki

»Mrożeks Satiren sind mehr als in Allegorie verschlüsselte Leitartikel zu Tagesfragen. Sie sind Parabeln, die nicht ins Allgemeine, Unverbindliche hinwegschwindeln müssen, um zu Dichtungen zu werden.«
Hellmuth Karasek

»Mrożeks Stärken sind bekannt: Ironie und Phantasie. Der Pastiche, die Ausnutzung der Pointe, Stilparodien die polemische Verkehrung der Motive, das dialektische Schattenboxen – all dies bereitet ihm selbst wie auch seiner Lesergemeinde sichtbares Vergnügen.«
Tadeusz Nowakowski

»Der vor allem als Dramatiker bekannt gewordene Autor erweist sich auch als pointenreicher Prosaschriftsteller, der mit seinem Witz der Absurdität unserer Wirklichkeit zu Leibe rückt und die Wechselbeziehung von Realität und Irrealität ins Spiel bringt.«
Neue Zürcher Zeitung

Die Geheimnisse des Jenseits
und andere Geschichten
Deutsch von Christa Vogel

Ob einer seine Seele verkaufen will und über den mickrigen Teufel staunt, der als *Partner* für das Geschäft auftaucht, ob ein Intellektueller an der harmlosen Frage *Tee oder Kaffee?* verzweifelt oder ob wegen der Chancengleichheit in einem *Hamlet* neun Hamlets gleichzeitig auftreten müssen – der Dramatiker Mrożek zeigt mit seinen Erzählungen aus den Jahren 1986–90, daß er auch ein Meister der kurzen Form ist.

»Mrożeks Gedanken sind so ungewöhnlich, daß sie jedem verständlich sind.« *Die Welt, Berlin*

»Mrożek ist ein Meister überraschender Wendungen. Binnen weniger Worte hat sich die Geschichte gedreht. Die Verblüffung des Lesers ist in keinem seiner Kunststücke Selbstzweck. Aus seinem schwarzen Zylinder steigen nur dann weiße Tauben auf, wenn die Katze, die er aus dem Sack läßt, auch Bestandteil des Welträtsels ist.« *Märkische Allgemeine, Potsdam*

»Kein anderer Schriftsteller der polnischen Nachkriegsliteratur, hat es so diskussionslos geschafft, zu Lebzeiten zum Klassiker zu werden wie Sławomir Mrożek.« *Neue Zürcher Zeitung*

Andrzej Szczypiorski im Diogenes Verlag

»Ich beschreibe die totalitäre Herausforderung des zwanzigsten Jahrhunderts, weil das mein Leben, meine Erinnerung und meine Erfahrung ist.«
Andrzej Szczypiorski

»Andrzej Szczypiorski belegt, daß der Roman keineswegs tot ist, daß menschliche Schicksale im doppelten Sog der Geschichte und der Zeit noch immer, und zwar auf höchstem Niveau, in der Romanform darstellbar sind.« *Neue Zürcher Zeitung*

Die schöne Frau Seidenman
Roman. Aus dem Polnischen von
Klaus Staemmler

Eine Messe für die Stadt Arras
Roman. Deutsch von Karin Wolff

Amerikanischer Whiskey
Erzählungen. Deutsch von Klaus Staemmler
Mit einem Vorwort des Autors zur
deutschen Ausgabe

Notizen zum Stand der Dinge
Deutsch von Klaus Staemmler

Nacht, Tag und Nacht
Roman. Deutsch von Klaus Staemmler

Der Teufel im Graben
Roman. Deutsch von Anneliese
Danka Spranger

Den Schatten fangen
Roman. Deutsch von Anneliese
Danka Spranger

Selbstportrait mit Frau
Roman. Deutsch von Klaus Staemmler

Anton Čechov im Diogenes Verlag

Wladimir Woinowitsch im Diogenes Verlag

Die denkwürdigen Abenteuer des Soldaten Iwan Tschonkin

Roman. Aus dem Russischen von Alexander Kaempfe

»Wie alle großen Satiren der Weltliteratur zielen die Tschonkin-Bücher letztlich auf die Unvollkommenheit der menschlichen Verhältnisse überhaupt.«
FrankfurterAllgemeine Zeitung

»Ein verblüffendes, mutiges Buch: ländlicherNaturalismus, lustig und zart, aufgelockert mit reiner Phantasie und einer beißenden tiefgreifenden Satire auf institutionalisierte Furcht, Stumpfsinn, Hinterhältigkeit, Verblendung und Absurdität. Man kann es als ein Meisterwerk neuer Form bezeichnen – sozialistischen Surrealismus – oder als das sowjetische *Catch 22*, geschrieben von einem Gogol unserer Tage.«
The New York Times Book Review

Iwan Tschonkin Thronanwärter

Roman
Deutsch von Alexander Kaempfe

»Ohne Zweifel ist der dickfellige Iwan, den man sogar für einen Thronanwärter der Adelspartei hält, ein echter Bruder des Soldaten Schwejk. Wie dieser bringt auch er die Obrigkeit dadurch zur Verzweiflung, daß er mit jedem Befehl einverstanden ist und durch sein Nichtaufmucken jede Ordnung ins Wanken bringt. Woinowitsch entfaltet seine Satire, indem er all die kleinen Funktionäre mit ihren Korruptionsaffären aufs Korn nimmt. Ihre Ängste vor dem Ertapptwerden treiben sie in absurde Entscheidungen. Eine brillante Groteske.« *Süddeutsche Zeitung, München*

»Eines der hellsichtigsten Werke der neueren russischen Literatur.« *Neue Zürcher Zeitung*